이효석 일요일 외

종이
섬

일요일 외

1판 1쇄 인쇄 2018년 5월 24일
1판 1쇄 발행 2018년 5월 31일

지은이 이효석
사진 김종관

펴낸이 박철준
펴낸곳 종이섬

등록 제410-2016-000111호(2016년 6월 17일)
전화 02-325-6743
팩스 02-324-6743
전자우편 paper-is-land@naver.com
초출본 원고 정리 김나현
편집 김다미, 김나연
디자인 오혜진(오와이이)

종이섬은 갈대상자, 찰리북의 임프린트입니다.
ISBN 978-89-94368-84-9 03810

이 도서의 국립중앙도서관 출판시도서목록(CIP)은
서지정보유통지원시스템 홈페이지(http://seoji.nl.go.kr)와
국가자료공동목록시스템(http://www.nl.go.kr/kolisnet)에서
이용하실 수 있습니다.(CIP제어번호 : CIP2018015013)

일러두기

1. 모든 작품은 처음 발표된 잡지 수록본을 근거로 한다.

2. 발표 당시 원전의 표기법을 살리나, 몇 군데 오식을 바로잡고 빠진 마침표와 쉼표를 살렸으며, 띄어쓰기는 현행 맞춤법대로 고쳤다.

3. 필요한 경우 각주를 통해 어휘의 의미를 밝혔다.

성찬

세상에 거울가티 괴이하고 야릇한 것은 업다. 태고스적에 거울이라는 것이 아직 업고 고요한 저녁 강물 우에 자긔의 그림자를 빛이워 볼 수 없엇을 때에는 사람은 자긔의 꼴과 원숭이의 꼴조차 구별할 수 없엇을 것이며 따라서 가량 사람 사이의 애정이라는 것도 어수룩하고 순박하얏슬 것이다. 거울이 생긴 때부터 사람은 원숭이와의 구별을 알엇고 제 얼골의 맵시와 흠을 보앗고 붓그럼과 사랑을 깨닷게 되엿스리라. 적어도 사랑의 감정이 복잡하게 분화되고 연애라는 것이 잇게 된 것은 거울이 생긴 후부터라고 보배는 생각한다. 그는 언제인가 동물원에 갓을 때 핸드빽의 거울로 우리 안의 원숭이를 희롱해본 적이 잇섯다. 거울에 빛이인 제 꼴을 보고 즘생은 놀나고 흥분해서 한바탕 날뛰다가 나중에는 화를 내고 소리를 치고 독살을 피우며 우리 박 사람에게로 달녀드는 신용을 하얏다. 그것은 확실히 제 꼴과 사람의 모양과의 차이를 처음으로 발견한 때에 늣

8

긴 놀납고 붓그럽고 괴이한 감정에서 온 것이라고 보배는 판단하얏다. 가튼 감정을 사람도 또한 처음으로 거울을 보앗슬 때에 늣겨슬 것이며 참으로 번민과 사랑과 모든 정서는 자긔의 얼골의 인식에서 시작된 것이라고 그는 생각하게 되엿다. 얼골의 의식 없이 감정의 발로는 없으며 하로의 모든 생각과 생활은 참으로 얼골의 생각에서부터 시작되는 것이다. 보배는 하로에도 수십 차례—이러날 때 잠잘 때 이외에 가가¹ 에 있을 때에도 틈틈히 거울을 보

^{가게.}

고 화장을 곳치고 지금 와서는 그것이 생활의 한 중요한 부분이 되엿다. 그는 거울을 볼 때에 그 속에 자긔의 얼골을 보는 것이 아니라 반다시 그 어느 다른 사람의 얼골을 아울러 생각하얏다. 두 얼골을 비기는 곧에서¹ 만족도 늣

^{곳에서.}

기고 불안도 오고 하얏다. 가량 요사이는 거울을 대할 때에 으례히 민자의 얼골이 의식의 전부를 차지하얏다. 흡사히 시모오느·시몬¹ 가튼

^{프랑스 배우 시몬느 시몽(Simone Simon).}

둥글고 납작스름한 민자의 애승이 얼골을 생각

9

하면서 그와는 반대되는 기름하고 렵렵한¹ 자
기의 얼골이 더 한층 대조뎍으로 솟아올나 그와
의 사이에 가벼운 질투와 안타까운 초조와 신
선한 야욕을 늣기게 되엿다。 민자가 언니 언니
하면서 것발님²이 아니라 진정으로 언니 대접
을 하는 것을 보배 역시 깃버하고 충심으로 마
저드리면서도 마음 한편 구석에 이런 대립의
감정을 늣기게 되는 것은 자신 괴이히 녁이기
는 하얏다。 이 대립의 감정은 물론 준보를 얼
싸고 오는 것이엿다。 가가의 우ㅅ층은 빠아³요
아래ㅅ층은 낏차부⁴로 보배는 빠아에 매엿고
민자는 낏차부의 시중을 혼자 마텃다。 준보는
빠아에보다도 낏차부에 오는 때가 만헛다。 신
문사의 일이란 그러케 한가한 것인지 그는 거
의 번기는⁵ 날이 없으며 오후만 되면 어느 결
엔지 아래ㅅ층 소파에 와 안저서 로벝·티이러⁶
비슷한 기름한 얼골을 천성맞게⁷ 괴이고 어느
때까지든지 머물러 한가한 시간을 보내군 하얏
다。 친구가 잇슬 때면은 오히려 친구의 탓으로

¹ 엽렵한. 슬기롭고 날렵한.
² 겉발림.
³ 바(bar).
⁴ 낏차부(喫茶部). 찻집.
⁵ 거르는.
⁶ 미국 배우 로버트 테일러(Robert Taylor).
⁷ 청승맞게.

10

나 밀 수 잇지만 혼자 때에도 여전히 지리하게
눌녀안저 마치 애매한 시간과 씨름이라도 하자
는 격이엿다. 그가 그러케 천치같이 우두거니
안젓을 때의 의식의 대상이 민자임을 보배는
물론 짐작할 수 있엇다. 하로는 보배가 늘 하
는 버릇으로 신통한 손님도 업구 한 틈을 타서
아래ㅅ층으로 살몃이 나려가보앗을 때 그곤에
도 손님 업는 횅뎅그레한 한편 구석에 준보와
민자가 낫부터 속살그리고 잇는 것을 발견하얏
다. 드러맛는 예감에 보배는 산듯한 칼맛을 늣
겻으나 한편 섬찟한 생각을 금할 수 없엇다. 천
연스럽게 나려가서 한자리에 다정스럽게 휩쓸
리기는 하얏스나 마음속에 굴덕어리는 피심지
를 억잡을 수는 없엇다. 민자와의 사이에 담을
의식하게 되고 준보에게 불현듯이 욕심을 늣기
게 되엿다면 그것은 이때부터엿슬 것이다. 그
가 끼엿슴으로 말미암아 잠간 어색해지기는 하
얏스나 자리의 공긔는 즉시 풀녀서 세 사람은
단란한 회화 속으로 웃슬녀² 들어갓다. 그만콤

² 휩쓸녀.

11

준보와 보배의 사이도 서름서름한¹ 처지는 아

^{어색한.}

니엿든 것이다。 그러나 이상한 것은 보배는 전

에는 준보에게 흥미를 늣기지 안은 바는 아니

엿스나 불시에 피할 수 없는 절대적 야욕을 늣

기게 된 것은 실로 이때부터엿습이다。 인색하

게 차만 마시러 오지 말고 더러는 우스층에 술

도 마시러 오라는 것이 그 자리의 한마듸 야유

이기는 하얏스나 의외의 자리에서 의외의 실토

를 하게 된 것을 보배는 즉시 마음속에 반성하

게 되엿다。 그런 반성을 다른 한편으로는 붓그

럽게 녁이기도 하얏다。 준보와 민자는 어울리

고 알맞는 한쌍이다。 될 대로 맷겨두고 천연스

런 태도로 웨 옆에서 보고만 잇슬 수 없을가 하

는 생각으로부터엿다。 그러나 이런 생각에도

불구하고 이때에는 보배의 마음은 반은 발서¹

^{벌써.}

악마의 차지가 되어 잇엇다。 셋 가온데에서 하

나는 언제든지 악마의 역활을 하는 수박게는

업는 듯하다。

　거울이란 짜장¹ 괴이한 물건이다。 그것은

^{과연.}

12

때때로 엇처구니 업는 신비로운 작란을 즐겨하는 것 가트다. 몸에 소름이 도치지 안코는 보배는 다옴¹ 긔억을 되푸리할 수 없엇다. 그날 밤 잡지사 축²들과 늣도록 지탕으로 놀다가 다들 보낸 후에 건아한 김에 흥얼흥얼 코ㅅ노래를 부르면서 아래ㅅ층 끽차부로 비틀비틀 나려갓슬 때엿다. 몃 사람의 손님이 이 자리 저 자리에 흐터저 안젓고 카운터 근처 구석에는 준보가 늘 오는 그 모양 그대로 눅진히 부터서 옆에 안즌 민자와 말을 건너고 잇엇다. 휘적휘적 걸어가서 준보의 옆에 섯슬 때에 보배는 문득 놀나 한참 동안이나 마즌편을 노리고서 섯다. 창졸간에³ 그것이 꿈인지 현실인지를 의아하면서 장성같이 넋을 일코 우두커니 서 잇섯다. 준보 곁에 난데업는 미인 한 사람 나타나 이쪽을 호되게 노리고 잇는 것이다. 미인의 말뚱한 날카라운 시선이 보배의 일신을 다구지게⁴ 쏘아부첫다. 눈이 매이고⁵ 상이 길어 안보·오닥 비슷한 인상을 주는 그 녀인을 보배는 확실히 전

¹ 다음.
² 무리.
³ 매우 급작스럽게.
⁴ 다부지게.
⁵ 매 같고.

14

에 그 어데서 보앗든 듯도 하고 혹은 초면인 듯도 한 괴괴한 착각에 현혹한 늣김을 마지못하고 서 잇는 동안에 돌연이 또 이상한 발견을 하게 되엿다. 준보와 미인과 민자의 세 사람을 우연히도 한자리에 모이게 한 그 괴괴한 한 폭의 그림 속에서 어울리는 짝은 준보와 민자가 아니라 준보와 그 낯모르는 미인이엿든 것이다. 용모와 자세와 분위긔가 두 사람에게 우연히도 빈틈업는 일치의 인상을 주엇다. 이상한 발견에 놀나는 한편 보배는 그 짧은 순간 속에서도 돌연히 준보에게 모든 열정을 다 기우리고 잇는 민자의 비극적 역활을 생각하고 그에게 대한 한 줄기의 가엽슨 생각이 유연히 솟는 것이엿다. 가엽슨 민자! 날도적 같은 그 녀인! 눈을 흽뜨며 주먹을 쥐려니 마즌편의 그 녀인도 보배와 똑같은 신융을 한다. 어이가 업서 몸자세를 늦추고 시선을 옴길 때 녀인은 다시 그것을 흉내 내엿다. 보배는 문득 번개같이 정신이 깨엿다. 망칙한 요술이엿음을 깨달고 몸에 소름

15

이 도닷다. 마즌편 벽에 걸닌 커다란 체경의
요술이엿든 것이다. 녀인은 물론 보배 자신이
엿다. 취흥으로 건아한 바람에 체경의 요술에
감족같이 넘어갓든 것이다. 순식간에 그의 마
음속에 이러낫든 비밀을 두 사람에게 속뽑이웠
을가 두려워하며 겸연한 마음으로 준보 옆에
털석 주저안기는 하얏으나 그 후까지도 이 괴
이한 경험은 쉽사리 긔억 속에서 사라지지 안
코 사람이 아무리 취하얏기로 거울에 빗인 제
얼골도 못 아라보는 법 잇나 하고 한결같이 의
심이 솟는 지경이엿다. 몸에 소름은 돗치지 안
코는 이 긔억을 되푸리할 수 없으며 동시에 이
경험은 보배에게는 한 큰 암시요 유혹이엿다.
이 암시로 말미암아 그는 세 사람 가온데에서
의 자신의 역활을 적확히 깨달엇든 것이다.

이때부터 보배에게는 민자의 모든 것을 알
고저 하는 욕망이 불현듯이 솟기 시작하얏다.
합숙소에서는 쓰는 방이 다름으로 가까운 처지
라고는 하야도 아무래도 사이가 떳다. 그럼으

16

로 더한층 민자의 가지가지의 거동에 보배의 눈이 날카롭게 갓다. 합숙소에는 목욕장의 설비가 없음으로 거의 사흘 도리로 거리의 목욕간에 가지 안으면 안 되엿다. 보배는 그때마다 민자와의 동행의 긔회를 엿보앗다. 목욕통에서 만은 사람은 피차에 감출 것이 없다. 사람 없는 조용한 아츰 목욕물 속에 잠기면서 보배는 민첩한 눈으로 민자의 육체의 구석구석을 살필 수 있엇다. 젓꼭지가 살구꽃봉오리같이 봉긋은 하나 아직도 젓가슴이 전체로 얄팍한 애잔한 애숭이의 육체이기는 하나 그러나 사람의 육체같이 사람의 눈을 속이는 것은 업다. 보배는 천연스런운 숨결을 리용하여 은근한 속에서 민자의 속을 떠보앗다.

「과실의 맛이란 첫 송이만콤 자별스러운¹ 건 업서。」

특별한.

작란삼아 물방울을 퉁기며 목욕통 전에 나가 그의 옆에 안젓다.

「민자, 어데 손가락 좀 곱아봐。」

18

그의 손을 다정스럽게 끌어다 쥐고

「한 번? 두 번? 세 번?……」

하면서 그의 손가락을 곱히랴 하얏다.

잠시 동안 멍하니 무슨 뜻인지를 몰으고 하는 대로 손가락을 맷기고 잇든 민자는 겨우 그 뜻을 깨달고 붓그러운 생각에 얼골을 확근 붉히며 딸팽이[^1]같이 손을 움츠려드렷다.

[^1]: 달팽이.

「망칙해라. 언니두. 망녕 좀 작작 피우。」

「붓그러울 것두 만타. 녀자끼리 무슨 허물이야。 내 곱아볼가。 자, 한 번 두 번…… 하하하하 내게는 다섯 손가락쯤으로 당초에 부족한걸…… 별 사내가 다 잇섯지。 그러나 옛날에 배운 영어의 단자[^2]와 같이 신기하게도 모조리 이저버려지고 마음속에 남은 것은 그래도 첫 사내야。첫 사내와의 사이라는 것은 대개 어처구니업고 흐지부지하고—녀자의 평생의 길은 저긔서 작정되는 것인가 바。나도 첫 사내만 세상을 버리지 안엇다면 지금까지 밟아온 길과 처신 머리가 좀 더 달럿슬는지도 모르나—그러

[^2]: 단자(單字). 단어.

19

나 나는 결코 밟아온 반생의 길을 불측하게도[발칙하게도.] 생각하지 안코 붓그럽게도 녁이지는 안어. 그런 것도 한 가지의 살어가는 형식이거니만 생각되는걸. 괴벽스럽고 어지러운 생각인지는 모르나 나는 한 사람 한 사람의 사내를 대할 때에 마치 한 상 한 상의 잔체상[잔칫상.]을 대하는 것같이 준비된 성스러운 식탁을 대하는 것같이박게는 생각되지 안엇서. 식탁 우의 것이 아무리 귀한 진미엿다 하더라도 시간이 지나면 그 맛의 긔억이란 사라저버리는 것. 그러기 때문에 제 앞으로 차례진[차례진. 차례에 따라 주어진.] 식탁을 대할 때에 마음껏 제 차지를 즐기는 것이 떳떳한 수지. 는실녀[성적 충동이 든 모양을 이르는 '는실난실'에서 온 옛 표현.]라고 웃든지 말든지 내 생각과 태도는 이래. 자, 민자, 내 앞에서 숨길 것이 무엇이고 붓그러울 것이 무어야.」

장황하게 내섬기며 보배는 민자를 어지러운 연긔 속에 후려 쌋다. 그러나 민자는 그 속에서 허부석어리는[허우적거리는.] 법 없이 침착하게 자긔의 태도를 일허버리지는 안엇다.

「언니의 생각은 잘 알엇서두 저를 더 족치지는 마세요。—한 번두 업서요。」

두 볼을 밝아앗케 물드리는 그의 표정에서 보배는 거짓말을 차즐 수는 없엇다。팔다리가 아직도 가늘고 허리목이 아직도 얇다。

「그럼 준보와두—」

「미쳤네。괴덕두 작작 부려요。」

수선스러운 행동。실없는 짓。

붓그러운 판에 민자는 대야에 남은 물을 보배의 옆구리에 확 끼언젓다。

「아직 깨끗하다는 것이 현대에 있어서는 자랑두 아무것두 아니야。알마즌 때를 약바르게 붓들어야지 고때를 놋치면 사람의 마음이 아무리 굳다고 하드라도 병이 생기기 쉬운 법야。긔회라는 것은 늘 그 제일 알마즌 순간이라는 것이 잇스니까。」

「언니는 우리를 얏잡아보시는 셈이죠。이래 뵈여두 결혼할 때까지는 아무런 일이 있어두 순결을 직혀볼 작정인데요。」

「결혼—。흥 결혼—나두 한때는 그런 꿈두

21

꾸어본 적 잇엇지. 그러나 결국 다 공상이고 꿈이엿지. 결혼—용감하고 원대한 포부야 대담한 괴상이야.」

「올 안으로 신문사가 확장되면 지위도 높아질 터 수입도 늘 터 그때면 결혼해가지고 조그만 집 한 채 작만하고.」

「굉장한 계획이군. 어떠튼 준보도 순진한 청년 민자도 순진한 소녀.—어지간히 순진들은 해. 결혼의 축하로 물총이나 한 방 마저보지.」

보배는 껄껄 웃으며 대야의 물을 민자의 등줄기에 괴덕스럽게 처버리고 물속으로 뛰여들어가 물소같이 네 활개를 죽 폇다.

순결하고 애잔한 민자의 자태가 눈에 아팟다. 시모오느·시몬 같은 둥군 턱과 짧은 코와 짧은 웃입술이 새삼스럽게 가엽게—측은하게 녁여젓다.

보배는 오라간만에 음악을 들을 때면 별안간 울고 싶어지는 적이 잇다. 풍성한 음악을 들을 때같이 세상이 아름답고 환상이 샘같이 솟아서 살아 잇는 것이 고맙고 즐겁게 녁여지는 때는 업다. 이 생명의 감격이 눈물을 솟게 하는 것이다. 그럴 때에는 옆에 잇는 것이 그 누구이 든지 간에 그것이 사람인 이상 보배는 그에게 인간적 동감을 늣기게 되고 부드러운 마음을 논우게 된다. 자리에는 준보와 그의 친구와 보배의 세 사람이 잇슬 뿐이엿다. 오후의 빠아 는 고요하고 황혼의 빛이 홀 안을 그윽하게 물 드리고 잇다. 보배는 교향악의 레코드를 뒤집 어 걸고 친구가 잠간 자리를 물러간 틈을 타서 준보에게로 가까히 갓다.

「민자와 결혼하신다조。」

돌연한 질문에도 준보는 놀나는 법 없이 시 선을 얏게 드리운 채로의 자세엿다。

「리상주의라고 비웃고 싶단 말요。」

「비웃기는 왜요 너무도 용감해서 하는 말예 요。한 사람과 결혼해서 검은 머리 파뿌리 될 때까지—용감한 생각이 아니고 무엇예요。한동 안의 독신주의 사상은 신짝같이 버리엿나요。」

「사람은 어차피 한 가지의 구속은 바더야 하는 것이니 차라리 결혼해서 안타까운 구속에 살어보는 것도 한 가지의 흥미일 것여。」

「그까짓 아츰에 변햇다 저녁에 곳첫다 하는 리치는 다 그만두고—더 놀나운 것은 결혼할 때까지의 진미로 민자를 아직 손가락 하나 닷치지 안코 그대로 두고 잇다는 것。」

「별걱정을 다—」

준보는 어이가 없어 픽 웃으며 잔에 남은 술을 마저 디리켯다。

「—그런 건 엇더케 다 발녀냇단 말요。」

「민자와 저는 한몸이예요。」

「언니 행세 잘한다。」

「잘하고말고요。민자에 대한 당신의 사랑이 얼마나 큰가도 내 시험해볼껄요。」

「얼마든지。」

「이 능청마즌 성인군자。」

보배는 별안간 달녀들어 괴덕스럽게 준보의 귀ㅅ불을 끄들며 그이 이마에 입을 갓다 대랴 잡아당기며.

25

다가 맛참 나갓든 친구가 들어오는 바람에 천연스럽게 그 자리를 떠나 의자 잇는 편으로 물러갓다。레코드의 교향악도 맛참 긋처지고 보배는 음악의 세상에서 완전히 벗어나서 말끔한 자긔의 세상으로 도라갓다。

무릇 사내라는 것을 보배는 말하자면 어름장 같은 것으로 녁여왓다。처음에는 가장 굳고 찬 듯이 보이나 징긋이 쥐고 녹이는 동안에 나종에는 형적조차 업시 손안에서 사라저버린다。그의 반생의 경험 안에서 사내의 마음이 이 법측을 벗어난 적은 업섯다。얼골을 엄숙하게 가지고 시선을 곧게 지니는 것은 일종의 자세요 한번 속마음을 뒤집어본다면 음지에 돋아난 버슷¹ 같이 샛밝앗케 우란하게² 독긔를 피우고 잇

버슷.   위란하게. 위태롭고 어지럽게.

는 것이 사내의 정인 것이다。준보의 경우 또한 보배에게는 발서 수술대에 오른 개고리³인 셈

개구리.

이엿다。자동차 속에서 민자와 보배 사이에 든 준보의 꼴은 사실 개고리의 그것같이 모든 감정을 마취당한 허수아비엿는지도 모른다。가

26

가의 공휴일임을 리용하야 준보는 민자와 보배들과 함끠 하로의 행락을 같이한 후에 저녁 강변으로 자동차 노리를 떠낫다. 고요한 강물을 바라보며 곧은 길을 줄기차게 내딛는 뜨라이브의 맛도 니즐 수 업는 것이어니와 꼭 끼여 안즌 세 사람의 체온에서 오는 땃뜻한 맛이 유난히도 몸에 사모치는 것이엿다. 민자와 보배의 사이에 끼인 준보의 꼴은 너볏이¹ 다리를 뻐든 개고리의 모양이라고도 할가. 보배는 은근히 준보의 체온을 가늠 보앗다. 이러케 빈틈없이 꼭 끼여 안젓슬 때에도 민자와 자긔에게 보이는 준보의 체온에는 두텁고 엷은 차별이 있을가. 민자에게만 후하고 자긔에게는 박할 수 있을까. 체온은 곳 애정이다. 준보의 애정이 그 밀접한 접촉에 있어서 역시 차별이 있으리라고는 생각할 수 없엇다. 애정은 접촉의 거리에 비례하는 것이요 그 접촉되는 대상의 육체는 민자의 그것이래도 조흐며 보배의 그것이래도 좃코 그의 그 누구의 그것이래도 조흘 것이다. 보

¹ 번듯이.

27

배는 준보와 맛대은 그의 한편 억개에 은근히 힘을 주고 준보의 속을 뽑아보랴 하얏다. 반응은 밀녀오는 파도같이 더디기는 하얏스나 거줏¹ 업는 적확한 것이엿다. 이윽고 몸이 출넝하며 그 반동으로 준보의 억개가 힘차게 자긔의 억개 위로 욱박해온 것을 보배는 반다시 자동차의 빠운드 탓으로만 돌닐 필요는 업섯다. 적어도 차의 탄력을 리용한 준보의 의지를 그 등 뒤에 발견하지 안으면 안 되엿다. 그 의지는 보배가 같은 행동을 두 번 세 번 거듭하얏을 때에 참으로 사람의 표정과 같이도 속임 업시 확적히 들어남을 그는 보앗다. 남에게 들킬 바 업는 제 혼자의 스핑크스의 우슴을 띄이면서 그 행동을 거듭하는 동안에 보배에게는 문득 괴이한 걱정이 니러낫다. 자긔와 같은 동작을 건넌편 민자 역시 하고 잇지 안을까 거긔에 대하여 준보 또한 같은 반응의 표시는 보이고 잇지 안을까 하는 걱정이엿다. 이 걱정은 보배를 돌연히 전에 업는 초조 속으로 끌어 너헛다. 초조는 즉

¹ 거짓.

28

시 용감한 결심으로 변하얏다. 주저하고 유여
할 것 없이 한시라도 속히 다가온 긔회를 민
_{여유부릴.}
첩하게 잡자는 것이엇다. 고요한 강변을 닷는
고요한 표정 속에 싸여서 속심 업는 개고리를
목표에 두고 앙칼진 결심히 한결같이 솟아올낫
다.

그러나 긔회는 도리혀 너무도 일즉이 온 감
이 있엇다. 민자의 돌연한 신병으로 말미암아
서엿다. 목욕 후의 부주의로 가벼운 감긔가 온
것을 무릅쓰고 가가에 출입하는 동안에 병은
활작 덧처서 마참내 눕게까지 되엿다. 공교롭
게도 그 사이에 준보들의 신문사의 조고만 회
합이 있엇다. 이 차 회를 빠아에서 하고 난 후
헤여들지는 때 준보는 건아한 김에 드듸어 보
배의 차 속에 안게 되엿다. 물론 보배 단독의
뜻만이 아니요 합의의 결과엿스나 두 사람은
밤거리를 한바탕 돈 후 다시 술을 구하야 으식
한 료정 이 층으로 올나갓다.

잔을 거듭하는 동안에 두 사람은 곤드래만

드래 취하얏다. 취중에는 행동이 갓닥하면 돌발적이 되고 긔괴하게 흐르기 쉬운 것이나 니저서는 안 될 것은 그런 긔괴한 행동의 속심에는 언제든지 계획한 뜻의 준비되여 있음이다. 너무도 모든 것이 수월하게 뜻대로 되여감이 보배에게는 도리혀 승거웟으나 사내의 마음이라는 것은 다시 한 번 벗겨본 것 같어 알 수 없는 일종의 깃붐과 모험의 흥분이 그의 열정을 한층 붓도닷다. 간단하얏다. 거긔에 니르는 준비의 과정이 장황함에 비하야 결과는 어처구니 없이 간단하얏다. 말이 없엇으며 그 필요가 없엇다. 말이란 괴로워하고 두려워하고 구할 때에 필요한 것이다. 말은 오히려 결과 후에 왓다.

「능청맞은 성인군자.」

보배는 이제는 마음이 한층 더 허랑하야저서 말에도 꺼릴 것이 없엇다.
허랑해져서.

「본색이 탄로 낫지. 이러구두 민자와 결혼하겟지.」

「웨 못해.」

31

준보는 뒤슬뒤슬 웃으며 두 사람의 태도는 그것이 잇기 전과 똑같은 뺀질뺀질하고 천연스러운 것이엿다。 시렁 우의 과일 한 개를 늠실 집어먹은 아해의 천연스런 태도엿다。

「낯가죽도 두껍긴 해…… 하긴 그것이 세상의 사내지만。」

「내게 덕을 가리켜주고 그것을 됩데〔 허물잡자는 말인가。」

도리어.

「허물은 웨。 마음이 이러케 대견한데。」

사실 보배는 잔체를 먹은 후의 만족과 흥분을 격근 후의 안정을 늣겻다。 화학실에서 뜻대로의 실험을 맛친 후의 화학자의 평화로운 만족이엿다。

사람들은 흔히 세상에서 제일 조흔 것이「새것」이라는 생각을 닞는다。 제일 아름답고 제일 빛나고 제일 훌륭한 것은「새것」이며 다른 만흔 리유를 버리고라도「새것」은 그것이「새것인 까닭에 빛난다는 것을」닞는 수가 많다。 새 옷 새 신 새 집 새 세상…… 이 평범한 진리를 그것이 너무도 평범한 까닭에 혹은「새것」
의 자극이 너무도 큰 까닭에 감히 엄두를 못 냄
인지도 모른다. 낡을수록 조흔 것에 단 한 가지
포도주가 있음을 보배는 듯기도 하얏으나 지하
실에서 몇 세긔를 묵엇다는 포도주를 마서본
적이 업는 까닭에 그는 포도주 또한 새것이 좃
타고 생각하얏다. 새것. 새 진미. 새 마음! 보
배가 준보를 시험하얏고 준보가 보배를 것처
다시 민자를 구함도 또한 이「새것」의 진리에
서 나왔음에 지나지 안는다.「새것」을 구함이
악덕이라면 묵은 것을 구함이 미덕 하고 보배
는 반감적으로 늣겨도 본다. 묵은 것을 버리고
새것을 구함은 혁명이다. 혁명에는 위대한 용
긔가 필요한 것이니 사람이 새것을 두려워함은
곳 이 용긔를 두려워함이라고도 생각하야보앗
다. 새것이 가저오는 감격과 흥분에는 사실 위
험스럽고 두려운 것이 잇기는 하다. 겉으로는
평화를 꾸미고 있으면서도 속으로 역시 일종의
안타깝고 두려운 것을 한결같이 늣기게 되는

33

이 밤의 경험이 보배에게 그것을 말하얏다.

료정을 나와 자동차로 준보를 보내고 혼자 합숙으로 도라왔을 때 그 감정은 한결 짙게 마음을 둘너쌋다. 만족의 감정은 그 뒤에 거의 숨어버렷다. 민자의 방 앞을 지날 때에 그 감정은 거의 그를 매질하야 모르는 결에 그는 주춤하얏다. 어차피 민자에게는 진실을 말하여야 할 것이나 진실을 말함은 별을 따기보다도 어려운 노릇이요 그러타고 숨긴다는 것은 또 얼마나 괴로운 일인가를 또렷이 늣기게 되엿다. 그러나 사람에게는 재조라는 것이 잇스니 결국 재조와 긔교로 속히 시간을 주름잡을 수박게는 업지 안은가도 생각하며…… 한때의 선수도 이 밤만은 우울한 번민자로 변할 수박게는 없엇다. 결국 아직도 나의 주의가 철저하지 못한 탓이 아닐까 반성하며 불을 끄고 느즌 잠자리에 누엇으나 가달가달의 뒤숭숭한 괴롬이 한결같이 솟을 뿐이엿다.

(『여성』, 1937. 4.)

가을과 산양

화단 위 해바라기 송이가 칙칙하게 시들었을 젠 발서 가을이 완연한 듯하다. 해바라기를 비웃는 듯 국화가 한창이다. 양지 쪽으로 날아드는 나븨 그림자가 외롭고 풀숲에서 나는 버레 소리가 때를 가리지 않고 물 쏘다지듯 요란하다. 아침이나 낮이나 밤이나 그 어느 때를 가릴까. 사람의 오장륙부를 가리가리 찢으려는 심사인 듯하다. 애라에게는 가을같이 두려운 시절이 없고 버레 소리같이 무서운 것이 없다. 지난 칠 년 동안―준보를 알기 시작했을 때부터 그 어느 가을인들 애라에게 쓸쓸하지 안은 가을이 있었을까. 밤 자리에 이불을 쓰고 누으면 눈물이 되로 흘러 벼개를 적신다.

「사랑이란 무엇인가?」 스스로 물을 때

「외롭고 적적하고 얄구즌 것」

칠 년 동안에 얻은 결론이 이것이옛다. 여러 해 동안 적어온 사랑의 일기가 호올로 애태우고 슳어한 피투성이의, 기록이였다. 준보는 언제나 하눌 우에 있는 별이다. 맨질 수 없고 딸

40

수 없고 영원히 자기의 것이 아닌 하눌 위 별이
다.

한 마리의 여호^{여우.}가 딸 수 없는 높은 시렁 위
포도송이를 바라보고 딸 수 없음으로 그 아름
다운 포도를 뜰븐 것이라고 비난하고 욕질한
옛날이야기를 생각하며 애라는 몇 번이나 그
여호를 흉내 내어 준보를 미워해보랴고 했는지
모르나 헛일이여서 준보는 날이 갈수록에 더욱
그립고 성스럽고 범하기 어려운 것으로만 보였
다. 이 세상은 웨 되었스며 자기는 웨 태여났으
며 자기와 인연 없는 준보는 웨 나타났을까―

준보의 마음과 자기의 마음은 웨 그다지도
어긋나며 준보가 그다지 대수롭게 역이지 안는
데도 웨 자기의 마음은 한결같이 그에게로 기
우를까―자나깨나 애라에게는 이것이 큰 수수
꺾기였다. 준보가 옥경이와 결혼한다는 발표
가 났을 때가 애라에게는 가장 무서운 때였다.
동무 옥경이의 애꾸즌 야유였을까 결혼의 청첩
은 웨 보내왔을까 애라에게는 여러 날 동안의

무서운 밤이 닥쳐왔다. 자기의 패북[패배.]이 무엇에 원인 되였나를 생각하고 자기의 육체를 저주하고 얼골을 비치어주는 거울을 깨트려버렸다. 칠 년 동안의 불행을 실어 온다는 거울을 깨트려버리고는 어두운 방 안에서 죽엄[죽음.]을 생각했다. 몸이 덥고 가슴이 답답하고 불 냄새가 흘러오면서 세상이 금시에 바사지는 듯했다. 그 괴로운 죽엄의 환영에서 버서나는 데는 일주일이 넘어 걸렸다. 준보를 얼마나 미워하고 옥경이를 얼마나 저주했을까. 그런 고패를 겪었건만 그래도 여전히 준보에 대한 미련과 애착이 끊어지지 않음은 웬일일까.

준보는 자기를 위해 태여난 꼭 한 사람일까. 전세에서부터 미래까지 자기가 찾는 사람은 단 한 사람 준보라는 지목을 받아온 것일까. 너무도 고전적인 자기의 사랑에 애라는 실소증이나면서도 한편 여전히 그 사랑에 매여가는 스스로의 감정을 어쩌는 수 없었다. 준보 외에 그의 령혼을 한거번에 끌어당길 사람은 다시 그의

42

앞에 나타날 상싶지는 않었고 그런 추잡한 생각을 하는 것부터가 싫였다. 준보는 무슨 일이 있었든 간에 그에게는 영원의 꿈이요 먼 나라이다. 준보의 아름다운 환영을 가슴속에 간직해가지고 평생을 지내겠다고 마음먹었을 때 애라에게는 절망의 속에서도 한 줄기 희망이 솓아올랐다.

「일르는 말은 안 듯구 언제까지든지 어쩌자는 심사냐. 늙어빠질 때까지 사람이 홀몸으로 지낼 수 있을 줄 아나 부다」

어머니는 오래전부터 나려오는 혼인말을 되푸리하고는 딸의 마음을 애숙히⸝ 역이고 때때로 보챈다. 그러나 애라는 자기 방에 무친 채

애숙히.

책을 읽거나 무료해지면 염소를 끌고 풀밭으로 나간다. 고요한 마음의 생활을 보내며 준보의 동정을 들으면서 가을을 보내고 가을을 마지해 왔다.

***

　며칠 전 준보에게서 편지를 받고 애라는 가라앉았든 가슴이 다시 설레기 시작하고 마음의 상처가 다시 살아났다. 준보 부부가 별안간 음악 수업차로 미주로 떠나게 되였다는 것이요. 그들 송별의 잔체를 동무들이 발기한 것이였다. 인쇄된 청첩에 준보는 기어히 출석해달라는 뜻을 따로 적어서 보냈든 것이다. 초문의 소식에 애라는 놀라며 곧 옷을 차리고 나섰다가 다시 반성하고 머뭇거려도 보았으나 결국 출석하기로 했다.

　오후의 호텔은 고요하면서도 그 어데인지 인기척을 감추고 수떨스런* 기색을 보이고 있

수다스럽게 떠들썩한.

었다. 손님들의 자태는 그리 보이지 않것만 잔체를 준비하는 중인지 뽀이들의 오락가락하는 모양이 눈에 삼삼거린다. 복도를 들어가 바른편 객실을 기웃거렸을 때 모임에 출석하는 사람인 듯한 사오 인이 웅얼거리고들 앉았다. 낯서른 속에 어울리기도 겸연해서* 애라는 복도

겸연쩍어서.

45

를 구부러 왼편 객실로 들어갔다. 카운터에서 한 사람의 뽀이가 게산에 열중하고 있을 뿐 객실은 고요하다. 애라는 차 한 잔을 분부하고는 창 가까히 자리를 잡았다. 창밖은 조그만 뜰이 되어서 몇 포기의 깨끗한 백양나무가, 여름 한철 깊은 그늘 속에서 이슬을 뿜고 있든 것이 이역; 어느듯 가을을 마지해서 차차 병들어가는

역시.

닢들이 바람도 없건만 애잔하게 흔들리고 있다. 가을은 어느 구석에든지 숨어드는구나 여기도 밤에는 버레 소리가 얼마나 요란할까—생각하면서 차ㅅ잔을 들랴고 할 때 공교롭게도 문득 눈앞에 나타난 것이 준보였다. 그날 모임의 주빈답게 검은 례복으로 단장한 그의 자태가 그 어느 때보다도 신선하게 눈을 끌었다. 그렇게 가깝게 면대하기는 오라간만이였다. 언제든지 그의 앞이 어렵고 시스럽고; 부끄러운 애

조심스럽고.

라였다. 가슴이 두근거리며 고개를 숙여버렸다.

「진작 맛나 뵙고 여러 가지 얘기 드리랴든

46

것이 급작스레 떠나게 돼서 이제야 기회를 얻었습니다. 옥경이의 희망도 있구 해서 별안간 미주행을 계획한 것인데 한 일 년 지내구 내년 가을에는 구라파로 건너갈 작정입니다만.」

준보의 당황한 설명에 애라는 한참이나 동안을 두었다가 입을 열었다.

「그러실 줄 알었조。 별일 없으면서두 떠나신다니 섭섭해요。 어데를 가시든지 편안하세야죠。 두 분의 행복을 비는 것이 이제는 제 행복이 됐서요…… 행복이구 불행이구 간에 어쩌는 수 없이 그것만이 밟어야 할 길이 된 것을요。」

다음 말까지에는 또 한참이나 동안이 뜬다.

「남의 집 창밖에 서서 안을 기웃거리는 가난한 마음을 짐작하실 수 있으세요。 안에는 따뜻한 불이 피고 평화와 단란이 있죠。 밖게 서 있는 마음은 칩고^{춥고.} 떨리고。」

준보가 그 대답을 하는 데 다시 한참이 걸린다。

「……경우가 어떻게 됐든 간에 그동안의 애라 씨의 심정을 나는 감사의 생각 없이는 받을 수 없었습니다. 칠 년 동안의 변함없는 정성에 값갈 만한 사내가 아닌 것을요.」

「감사란 말같이 싫은 말은 없어요. 제가 요구할 권리가 없듯이 감사하실 것은 없으세요.」

「감사는 하면서두 요구에 대답하지 못하는 것을 슲어합니다. 일이 애꿎게 그렇게 되는군요. 솔직하게 말하면 처음엔 무심했든 것이 차차 그 고든 열정을 알게 됐을 때 난 무서워도졌읍니다.」

「그래요. 전 남을 무섭게만 구는 허수아빈지두 몰라요.」

「……운명이라는 것 생각해보신 적 있음니까. 슲은 것 기쁜 것 어쩌는 수 없는 운명이라는 것.……」

「운명을 생각할 때 진저리가 나구 울음이 나요.」

「……거역하구 겨려봐도¹ 할 수 없는 것.

¹ 겨뤄봐도.

48

고지식이 항복할 수밖엔 없는 것.」

「결국 그렇게 돌리구 그렇게 생각할 수밖엔 없겠죠. 슲은 일이긴 하나……」

시간이 가까워와 그 객실에까지 사람의 그림자가 어른거리게 되였을 때 두 사람은 회화를 끄쳤으나 이윽고 다른 방에서 연회가 시작되였을 때에도 애라에게는 은근히 준보의 모양만이 바라보였다. 그의 옆에 앉은 옥경이의 자태까지도 범하기 어려운 하눌 위 존재로 보임은 웬일이였슬까. 연회가 끝난 후 여흥으로 부부의 피아노 듀엘¹의 연주가 있었다. 건반 앞에 나란히 앉어 가벼운 곡조를 울리는 두 사람의 자태는 그대로가 바로 곡조에 맞처 승천하는 한 쌍의 천사의 자태이지 속세의 인간의 모양들은 아니였다. 그렇듯 아름다운 두 사람의 모양은 애라와는 너무도 먼 지경에 노여 있었다. 그 거리가 구만 리일까 십만 리일까—애라는 그날 밤같이 준보들과의 사이에 큰 거리를 느껴본 적은 없었다.

듀엣.

49

「이것이 준보가 말한 운명이란 것인가」

애라는 새삼스럽게 서른 생각이 들며 그날
밤 출석을 뉘우치고 될 수 있으면 그 자리를 물
러나구도 싶었으나 그런 무례를 범할 수도 없
어 그 괴로운 운명의 시간을 그대로 참을 수밖
에는 없었다。가슴속은 보이지 안는 눈물로 젖
었다。

괴로운 시간에서 놓여서 사람들과 함께 식
당을 나오게 되였을 때 다시 다음 괴롬이 준비
되여 있었다。옥경이가 긴한 듯이 달려와서 옆
에 서는 것이었다。

「이렇게 와주어서 고맙긴 하나 한편 미안두
해요。」

그러나 옥경이의 태도는 자랑에 넘치는 태
도였지 미안하다는 태도는 아니였다。

「애라두 소풍 겸 저리로나 떠나보면 었대。
좁은 데서 밤낮 속만 태우지 말구。」

조롱인지 충고인지 그러나 애라는 그것을
충고로 듣는 것이 옳은 듯했다。

「목적두 없이 가선 멋 하누。」

「그렇게 또렷한 목적 가진 사람이 어데 있겠수。 목적을 가졌다구 다 이루워지는 것두 아니구。 거저 맘속에 늘 무엇을 생각하구만 있으면 그것이 목적이 아니우。」

「무얼 생각하누。」

「가량 고향을 생각해두 좋지 외국에 가서 고향을 생각하는 속에 목적은 아니지만 그 무엇이 있을 법하잔우。」

「어서 무사히 단여들이나 와요。」

「구라파로나 떠나봐요。 내년 가을쯤 파리에서나 같이 맛나게。」

애라에게는 옥경이와의 대화가 도시 괴로운 것이였다。 준보들과 작별하고 그 괴로운 분위기를 떠나 한 거름 먼저 거리로 나왔을 때 지옥을 벗어 나온 듯도 했으나 한편 거리의 등불이 웨 그리 쓸쓸하게 보이고 오고 가는 사람들의 모양이 웨 그리 무의미하게 보였을까。 차ㅅ집에 들렀을 때 레코오드에서는 베토벤의

운명 교향악이 흘렀다. 열리지 안는 운명의 철문을 두드리는 답답하고 육중한 음향이 거의 육체를 협박해오는 지경이였다. 운명 교향악은 음악이 아니오 운명 그것이다. 운명 교향악을 작곡한 베토벤은 음악가가 아니오 미치꽹이나 그러치 않으면 조물주다. 애라는 운명 교향악을 들을 때마다 몸에 소름이 치고 금시 미칠듯이 몸이 떨리군 한다.

「차ㅅ집에서까지 운명 교향악을 걸 필요가 무엔가 질겁게 차 먹으러 오는 곳에 미치꽹이 음악이 아랑곳인가?」

애라는 중얼거리며 분부했든 차도 마시는 둥 만 둥 차ㅅ집을 뛰여나와버렸다. 등줄기를 밀치는 듯 등 뒤에서 교향악의 련속이 애꿎게 울려오는 것을 들으며 거리를 것는 애라의 마음속에는 무거운 구름이 겹겹으로 드리웠다.

***

이튿날 역에서 준보 부부를 떠내보내고 집

으로 돌아온 애라는 한거번에 세상이 허러진 것 같은 생각이 나며 눈알이 둘러 패일 지경으로 어두었다. 두 번재 죽엄을 생각하고 약국에서 사 온 약병을 밤새도록 노리면서 한 생각을 되하고 곱도라¦ 하는 동안에 나종에는 죽엄 역시 쓸데없는 것으로 생각되었다.

여러 번 반복해.

「어차피 짓구즌 운명이라면 그 운명과 겨러보는 것이 어떨까. 진 줄은 뻔히 알지만은 그 패북의 결론과 다시 대항하는 수도 있지 않은가. 즉 두 번재 싸홈이다. 이번이야말로 사생결단의 무서운 싸홈이다.」

이렇게 깨달자 애라에게는 절망 속에서도 다시 한 줄기의 햇빛이 돋어오며 문득 옥경이의 권고가 생각났다.

「……구라파로나 떠나봐요. 내년 가을쯤 파리에서나 같이 맛나게.……또렷한 목적 가진 사람이 어데 있겠수. 거저 마음속에 늘 무엇을 생각하구만 있으면 그것이 목적이 아니우……。」

옥경이가 무슨 뜻으로 했든지 간에 이제 애라에게는 이것이 한 줄기의 암시였다. 애라는 머릿속에 닿다가보지(닿아보지.) 못한 외국을 환상하며 책시렁에서 한 권의 책을 뽑아 기행문의 구절구절을 마음속에 외여보는 것이었다.

「—시월에 잡아들면 파리는 발서 아주 겨울 기분이 돈다. 나무 닢새는 죄다 떠러지고 안개 끼이는 날이 점점 늘어가서 그 안개 속을 사람의 그림자가 어렴풋하게 검어스럼하게 움즉이게 된다—」

그 사람의 그림자를 마치 자기의 그림자인 듯 환상하고 그 파리의 한구석에서 준보를 맛나게 될 것을 생각하면서 기행문의 구절구절을 애끼면서 두 번 읽고 다시 되푸리하였다.

그날부터 애라에게는 또렸한 구체적 성산(일이 이뤄질 가능성.)도 없으면서 다시 먼 곳을 꿈꾸는 버릇이 시작되었다. 외국의 풍경을 상상하고 준보의 뒷일을 궁금히 역이면서—그러나 기실 하로하로가 더욱 쓸쓸하고 적막해갈 뿐이었다.

외로운 꿈에서 게여서는^{깨서는.} 게같이 방 속에서
나와 뜰에 매인 흰 염소를 데리고 집 앞 풀밭을
거닌다。 턱 아래다 부룩하게 수염을 붙인 흰 염
소는 그 용모만으로도 발서 이 세상에 쓸쓸하
게 태여난 나그내다。 초ㅅ점 없는 흐릿한 시선
을 풀밭에 덮이면서 그 어느 낯서른 나라에서
이 세상에 잘못 온 듯이도 쓸쓸하게 운다。 울면
서 풀을 먹고 풀에 지치면 조희^{종이.}를 좋아한다。
그 애잔한 자태에 애라는 자기 자신의 모양을
비치어 보고 운명을 생각하면서 조희를 먹인
다。 한 권의 잡지면 여러 날을 먹는다。 백지를
먹을 뿐 아니라 인쇄된 글ㅅ자까지를 먹는다。
소설을 먹고 시를 먹는다。 잡지 대신에 애라는
하로는 묵은 일기장을 뜯어서 먹이기 시작했
다。 칠 년 동안의 사랑의 일기—지금에는 발서
쓸모없는 운명의 일기—그 두터운 일곱 권의
일기장을 모조리 찢어서 염소의 배ㅅ속에 장사
지내기 시작했든 것이다。 흰 염소는 애잔한 목
소리로 새침하게 울면서 주인의 운명을—슬은

력사를 싫어하지 않고 꾸역꾸역 먹는다.

염소 배가 불러지면 주인은 염소를 몰고 풀밭을 떠나 강ㅅ가로 나간다. 물을 먹이면서 주인은 흰 돌 우에 서서 물소리 속에 흘러간 지난날을 차레차레로 비치여본다. 해가 꼽박 저서 집으로 돌아오면 다시 게같이 꿈의 보금자리인 방으로 기여든다. 방에서는 가을 화단이 하눌같이 맑게—그러나 쓸쓸하게 내다보인다.

해바라기 송이가 칙칙하게 시들고 국화가 한창이다. 양지 쪽으로 날라드는 나븨 그림자가 외롭고 풀숲에서 나는 버레 소리가 때를 가리지 않고 물 쏟아지듯 요란하다. 아침이나 낮이나 밤이나 그 어느 때를 가릴까. 사람의 오장 육부를 가리가리 찢을랴는 심사인 듯도 하다. 애라에게는 가을같이 두려운 시절이 없고 버레 소리같이 무서운 것이 없다. 밤 자리에 이불을 쓰고 누우면 눈물이 되로 흘러 벼개를 적시고야 만다.

(『야담』, 1938. 12.)

59

향수

찔레순이 퍼지고 화초 포기가 살아났다고

해도 원체가 고양이 상판만큼밖에 안 되는 뜰

안이라 자복이⁺ 깔아놓은 주악돌⁺을 가리면 푸
       '자욱이'의 사투리.   '조약돌'인 듯함.

른 것 돋아나는 흙이라고는 대체 몇 줌이나 될

것인가. 늦여름에 해바라기가 솟아나고 국화나

욱어지면 돌밭까지 가리워버려 좁은 뜰 안은

오종종하게 더욱 협착해 보인다. 우르러 보이

는 하늘은 집웅⁺과 판장⁺에 가리워 쪽보⁺만큼
       지붕.   널판지로 만든 울타리.   조각보.

적고 언덕 아래 대동강을 굽어보랴면 복도에서

제기를 듸듸고⁺ 서야만 된다. 이 소꿉질 장란
       재겨디디고. 발끝으로 디디고.

감 같은 베비이⁺ 하우스에서 집을 다스리고 아
       베이비(baby).

해를 돌보고 몸을 건사해야 하는 안해의 처지

라는 것을 생각하면 별수 없이 새장 안의 신세

밖에는 안 되여 보이면서 반날을 그래도 밖에

서 지울 수 있는 남편의 자리에서 보면 측은이

도 역여진다. 제 스스로 즐겨서 장 안에 가치워

진⁺ 「죄수」라면 이 역 하는 수 없는 노릇 누구
       갇힌.

를 탄하랴만 남편된 립장으로서 나는 사실 같

은 처지의 세상에 수많은 안해들에게 한 조각

의 미안한 생각이 없지 않다. 기ㅅ것해야 한 달에 몇 번식 영화 구경을 동행하거나 거리의 식당에서 점심을 먹거나 하는 것쯤으로 목이 흐붓이 축여질 리는 없는 것이요 서양 영화에 나오는 넓은 집 안과 사치한 일광실 속에서 환상에 잠기다가 일단 협착한 현실의 집으로 도라울 대¹ 차지 안는 속에 감질²이 안 날 리가 없

¹ 돌아올 때.　　　² 애타는 마음.

다. 현대의 무수한 소시민의 생활의 탄식은 참으로 부지럽는 감질 속에 숨어 있는 듯싶다.

안해의 건강이 어느 때부턴지 축나기 시작해서 눈에 띠이게 되였을 때 나는 놀라며 그 원인을 역시 이 감질에 구하는 수밖에는 없섯다. 구미가 떨어지고 불면증이 생기고 그 어던지 없이 몸³이 조구들면서⁴ 하로 셋때 약그릇

³ '몸'의 오식인 듯함.　　　⁴ 쪼그라들면서.

을 극진히 대한 대야 하로이틀에 되도라서지도 안는 것이다. 의사도 이렇다 할 증세를 집어내지 못하는 것으로 보아서 나는 그 원인을 감질로 둘리라⁵ 도시 도회 생활에서 오는 일종의

⁵ '돌리어'의 오식인 듯함.

피곤증이라고 볼 수밖에는 없섯다. 삼십 평짜

리 베비이 하우스에 피곤해진 것이다. 협착한
뜰에 숨이 맥히고 살림사리에 치친※ 것이다.

※ 지친.

그 우에 그의 신경을 한층 피곤하게 맨든 것은
남편의 욕심이라고 할까. 세상에 남편들같이
고집스럽고 자유로운 욕심쟁이는 없다. 안해
의 알뜰한 애정을 받으면서도 그 밖에 또 무이※
를※ 작고※ 구하는 것이다. 집에 들어서는 범사

※ 무엇을.　※ 자꾸.

에 봉건 왕이요 폭군 노릇을 하면서 마음속에
는 항상 한없는 꿈과 욕막※을 준비해가지고는

※ '욕망'의 오식인 듯함.

새로운 박세상※을 구해 마지안는다. 참으로 그

※ 바갈세상.

리마의 발보다도 많은 열 가닭 백 가닭의 마음
의 촉수를 꾸미고 그 은실 금실의 끝끝마다 한
개의 세상을 생각하고 손 닷지 안는 먼 데 것을
그리워하고 화려한 무지개를 틀어본다. 그 자
기의 마음 세상 속에 안해는 한 발자곡도 못 들
어서게 하고 엄격하게 파수 보면서 완전히 독
립된 왕국을 몰래 다스려간다. 일생에 있어서
가장 가까운 안해가 그 왕국에서는 가장 먼 것
이다. 이것이 세상 남편들의 엇저는 수 없는 타

고난 천성머리니 나 역 그런 부류에서 빠진다고는 생각하기 어려우며 세상에서 꼭 한 사람밖에는 없다고 생각해주는 안해의 정성의 백의 하나도 갖지 못하게 됨을 붓그러워하지 않을 수 없다. 남자된 특권인 듯이도 부지럽시 마음의 왕국을 세우면서 그것이 안해를 얼마나 상하게 하고 다알게 하나를 눈으로 볼 때 날카러운 반성이 솟으며 불행한 것이 여자요 악한 것이 남편이라는 생각만이 난다. 삼십 평 속에서 속을 달리고 신경을 이르켜 세우고 하는 동안에 안해는 몸이 어느 때부턴지도 모르게 피곤해진 것 같다. 나는 남편된 책임을 늣기고 과반의 허물을 깨달으면서 평화와 건강의 일을 생각하는 것이나…… 아무턴 도회의 삼십 평은 숨을 쉬기에는 너무도 촉박한 것이다. 이 촉박감이 마음을 한층 협착하게 끄는 것이 사실이여서 어느 결엔지 막연히 그 무슨 넓은 것 활달한 것을 생각하게 되였을 때.

안해는 하로아츰 문득 계획을 말하는 것이

68

였다.

「잠간 시골이나 단여오겠어요。」

새삼스런 뚱단지 같은 소리는 아니었다。해마다 한 번쯤은 단여오는 고향이었고 이번 길도 착생한 지는 발서 오래 그동안에 현안 중에 걸려 있었든 문제이다。

「몸두 쉬이구 집안 형편도 삷일 겸……」

그러나 막상 이렇게 현실의 문제로서 눈앞에 나타나고 보니 선뜻 작정하기도 어려워서

「글쎄。」

하고 얼뻥뻥하게 대답하는 수밖에는 없었다。

「제가 지금 제일 보고 싶은 게 무언데요。— 울밑에 호박꽃 강낭콩。과수원의 꼬아리¹。바다로 열린 벌판 벌판을 흐르는 안개 안개 속의 원두꽃……」

¹ 꽈리.

「남까지 유혹하려는 셈인가。」

「제일 먹구 싶은 건 무어구요。옥수수라나요。옥수수。바읽안 수염에 토실토실한 옥수수

69

이삭 그걸 삐걱하구 비틀어 뜨들 때 그 소리 그
냄새—생각나세요 쇠골ㅅ것으로 그렇게 좋은
게 또 있어요。치마폭에 그득이 뜯어가지고 그
걸 깔 때 삶을 때 먹을 때—우유 맛이요 어머
니 젖 맛이요 그보다 웃길ㅕ 가는 맛이 세상에

웃길.
또 있어요。지금 제일 먹구 싶은 게 옥수수에
요。바다에서 한창 잡힐 송어보다두 두지ㅕ 속

뒤주.
의 엿보다두 무엇보다두……」

「혼자 내빼구 집안은 어떻게 하라구。」

그러나 마츰 일가 아해ㅕ가 와 있든 중이었

일가 아이. 일을 봐주는 아이를 말함.
고 안해의 시골행의 결심도 사실은 거기에서
생겼든 까닭에 이것은 하기는 헛걱정이기는 했
다。

「나 혼자 남겨두구 맘이 달지 않을까。」

「에이구 어서 없는 새 실컷 군것질해두 좋
와요。얼마든지 하라지 지금에 시작된 일인가
머。이제 다 꿈만 하니。」

「큰소리한다。언제 맘이 저렇게 열렸든구。
진작……」

장담은 해도 여린 안해의 마음이다. 두 마디스째가 발서 그의 마음을 호비는 것을 나는 안다. 눈섭을 찌푸리면서 그 말은 그만 그것으로 덮어버리고 천연스럽게 말머리를 돌리는 안해의 눈치를 나는 더 상해서는 안 된다.

「또 한 가지 이번 길의 이유로는—」

다 듣지 않아도 나는 발서 뜻을 짐작한다. 늘 말하는 일 만원스건인 것이다. 그의 어머니보다도 옵바가 용돈으로 일 만원을 약속한 것이다. 그것을 얻으러 가겠다는 말이다.

「만 원은 갓다 무얼하게. 그까짓 남의 돈 누가 좋와할 줄 아나. 사람의 맘을 괘니 얽어놀까 해서.」

「앗다 큰소리 그만둬요. 돈 보구 춤만 흘렸다 봐라.」

「지금 내게 그리울 게 무어게.」

「그까짓 피아노 한 대 사놓고 장담 말어요.」

「방 안에 몇 권의 책이 있구 뜰 안에 몇 포기 꽃이 있으면 그만이지 또 무어가 필요한데.」

반다시 시인을 본받어 그들의 시의 구절을 외인 것이 아니라 사실 이런 청빈의 성벽이 마음속에 없는 바가 아니다. 때때로 사치를 원할 때가 없은 것도 아니나 뒤를 니어 청빈에 대한 결벽이 자랑스럽게 솟군 한다. 이 두 마음 중의 어느 것이 더 바른지는 헤아릴 수 없으나 두 가지 다 한목식* 자리를 잡고 있는 것은 사실이며 지금에 있어서는 자사*에 대해서 일종의 경멸과 반감을 가지고 있는 것도 속임 없는 사실일 것이다. 허나 안해의 말이 바른 것이라면 그가 또 내 마음을 겨테서 한층 날카랍고 정직하게 관찰하고 있는지는 모르는 것이기는 하나.

* 한목씩.
* 자사(恣肆). 제멋대로 하는 편.

「만 원에 한 장도 어김없이 가져올게 어서 이리같이 략탈이나 하지 마세요。」

「내 마음 제발 이리 되지 맙소서!」

합장하는 나의 신용을 흘겨보고는 안해는 그날부터 행장을 꾸리기에 정진*이 없다. 행장이래야 지극히 간단한 것이나 잘고 빈틈없는 여자의 마음씨라 간 뒤의 집 안 살림사리의 요

* '정신'의 오식인 듯함.

령과 질서까지를 일가 아해에게 띄여주고 거기에 맞도록 집 안을 왼통 한바탕 치우고 정돈하기에 여러 날이 걸리는 모양이었다. 눈에 띄이리 만치 말끔하게 거두어진 것을 나는 신기하게 바라보았다. 그러나 집 안이 정돈된 것보다도 더 신기한 일이 생겼다. 떠나는 그날 저녁 거리에서 도라온 안해의 자태의 일대 변혁이 생겼든 것이니 머리를 자르고 퍼머넨트[파마]를 건 것이다. 집 안이 정리된 이상의 정리이었다. 멀끔하게 추려서는 고슬고슬 지저놓은 머리는 용모를 일변시켜 총명하고 개운한 자태로 맨들어 노았다. 구지 펄쩍 뛰며 놀날 것은 없었든 것이 퍼머넨트에 대한 의론도 오래전부터 있었든 것으로 충충대고 권한 장본인은 결국 내 자신이였든 까닭이다. 여자의 머리로서 퍼머넌트를 나는 오래전부터 모든 비판을 떠나 아름다운 것으로 생각해왔다. 모방이니 흉내니 한다면 이 땅에 그럼 현재 모방이 아니고 흉내가 아닌 무엇이 있단 말인가. 살로메가 요카나안[세례 요한]의

73

머리를 형용해서 에돔 나라의 포도송이 같다고 한 머리 그것을 나는 남녀 간의 머리의 美의 극치라고 생각해왔든 까닭에 안해의 머리에 그 운치를 베풀자는 것이였다. 내가 놀란 것은 도리혀 안해의 그 결단성이었다. 아무리 충충대도 오래동안 주저하고 머뭇거리든 것을 그날로 단행한 그 결단성인 것이다. 그러나 거기에는 또 안해의 동무들의 실물 교육이 직접 도와 힘이 된 모양도 같다. 집에 놀러 오는 그들이 하나나 그 풍습을 벗어난 사람이 없다. 안해가 그들이 보이는 모범에서 용기를 얻었을 것은 사실—어떠튼 그날 저녁 그 변모로 나타난 안해의 자태에 비록 놀라지는 않았다고 해도 일종의 신기하고 청신한 늣김을 금할 수 없었든 것은 사실이다. 피곤하든 종래의 인상을 다소간이라도 떨쳐버린 셈이요—그 모든 안해의 행사는 결국 고달푼 피곤증에서 벗어나자는 일종의 회복책이였든 것이다. 도회의 피곤에서 향수를 늣기고 잠간 전원으로 도라가기로 결심한 그의 행방의 의욕의 표시였든 것이다. 머리를 시원스럽게 자르고 삼십 평을 떠나 넓은 전원의 천지에서 숨을 쉬이자는 것이다. 바다로 열린 벌판에서 안개를 받고 원두꽃을 보고 풋옥수수를 먹자는 것이다. 내 자신 도회에 지쳐 밤낮으로 그것을 그리워하고 향수를 늣기고 하든 판에 원래부터 찬성하는 바이다. 안해의 전원행은 어느 결엔지 자연스럽게 응락되였다. 같이 떠나지 못하는 것이 한 될 뿐 별수 없이 나는 서리우는 향수를 가슴속에 포개 넣은 채 마음속으로 시골을 그리는 수밖게는 없게 되였다.

이튼날로 안해는 지튼 옥색으로 단장하고 퍼머넨트를 날리고 홀가분한 몸으로 길을 떠나는 것이였으나 차창에서는 큼시 눈물을 먹음고 쉬이 도라올 것을 거듭 말한다. 차가 구비를 돌 때까지도 적아가는 얼골을 창으로 내놓고 손수건을 흔드는 것을 보고는 그럴 것을 그럼 웨 떠나는구 하는 동정도 솟았으나 한편 이왕 떠나

75

는 것이니 어서 싫것 시골 맛이나 맛고¹ 몸이
나 튼튼해져서 오라고 축수하는 나였다. 호박

_{맑고.}

꽃 강낭콩 싫것 보고 옥수수 송어 싫것 먹고 좀
검어잡잡한 얼골로 도라오기를 원하는 것이였
다。 안해가 간 후 집 안이 텅 비인 것 같고 삼십
평이 좁기는커녕 넓게만 녁여지면서 휑휑한 늣
김을 금할 수 없었으나 그가 도라오기를 기다
리는 것도 또한 깃쁨이 되였다。

　일만 원이니 무어니 도시 안해의 꿈이란 것
이 좁은 삼십 평의 세계 속에 무처 있게 된 까
닭에 포태된² 것인데 그의 꿈의 실마리도 이

_{생겨난.}

집과 함께 시작된 것이다。 넓은 집을 바라는 곳
에서 일만 원의 발설을 알뜰히 명심하게 되였
고, 그것이 은연중에 려행의 계획도 된 모양이
었다。 행인지 불행인지 안해의 동무들이라는
것이 엇지엇지 모이 다나니 거개 수십만 대급
에 가는 유한부인³들로서 퍼머넨트의 실물 교

_{생산 활동을 하지 않는 유한계급의 부인.}

육을 하듯이 이들이 어린 안해에게 사치의 맛
과 속세의 철학을 흠뻑 암시해준 모양도 같다。

76

이웃에서는 며누리 갖인 안늙은이들 입에 오르리만큼 소문이 나서 모범 주부로 첫손을 꼽게 된 안해라고는 해도 아즉 스물을 조금밖에는 넘지 않은 어린 나히인 것이다. 속세의 철학에 구미가 안 돌 리가 없다. 물욕에 대한 완전한 초월 해탈이라는 것은 산속에 숨어 있는 도승에게나 지당할는지 속세에 살면서 그것을 무시하기는 어려운 노릇이여서 적어도 사치 아닌 것보다는 사치에 마음이 기우는 것은 여자—뿐이 안니겠지만—의 본성일 듯도 싶다. 그러나 사치에 한도란 대체 얼마인 것인가. 천에서 만족할 수 있으면 백에서도 만족할 수 있으려니와 천에서 만족하지 못할 때 만에선들 만족할 수 있을가. 필요한 것은 만이나 십만의 한계가 아니요 천에서라도 만족할 수 있는 심정이 아닐까. 십만 대급의 유한부인들의 철학을 나는 속으로 비웃으면서 안해의 일만 원의 일건을 위태하게 녁이며 하회를 기다리는 것이었다.

일의 결과.

안해의 친가는 결혼 당시만 해도 몇십 만대

78

의 호농으로 시골에서는 뽐내는 편이었으나 그 시기에 농가의 몰락이란 허러지는 돌담을 보는 것같이 빠르고 가엾은 것이었다. 재산이라는 것이 대개는 농토나 산림인 것을 무었을 하노라고인지 은행과 회사에 모조리 넣은 것이 좀체 빠지지는 않아서 우물주물하는 동안에 한목이 패어나가기만 했다. 락엽송의 묘포*를 하느니 자동차 회사를 경영하는 동안에 불끈 솟아오르지는 못하고 점점 쓸어만가는 것이다. 일즉 아버지를 여의고 어머니와 두 남매—안해와 옵바 즉 이 옵바의 손에서 가산은 기우는 형세를 당했다. 눈에 보이지 않는 속에서 문덕문덕 나가기 시작한 것이 불과 몇 해가 않 지난 것 같은데 집안은 후출하게 줄어들고 말었다. 도모지 때와 곳의 리를 얻지 못하는 것이 보기에 딱할 지경이나 생각하면 등 뒤에 그 무슨 조화의 실이 이리 댕기고 저리 끌면서 농간을 부리는 것만 같어 엇저는 수 없다는 늣김도 난다. 부근에 제지회사가 되면서부터 벌목이 성하게

*묘목을 기르는 밭.

79

된 까닭에 한 고장의 산이 유망하다고 그것을 잔뜩 바라고 있는 것이나 그것이 십만 원에 팔릴 희망도 지금 가터서는 먼 듯하다. 안해는 옵바에게 이 산에서의 오만 원의 약속을 받은 것이나 엇저랴 안해의 꿈은 옵바의 운명과 발을 마추지 아느면 안 되게 되었다. 지금 당장의 일만 원이란 것도 필연코 읍 부근의 토지의 매매에서 솟을 것인 듯하나 이 역 운이 대단히 이로워야 차례질 목실 듯 골패 쪽의 작란같이도 허황한 것이다.

골패 노름의.

일만 원이나 오만 원의 꿈은 어서 천천히 꾸기로 하고 시급한 건강이나 회복해가지고 오라고 마음속으로 축원하고 있을 때 대망을 품고 고향으로 나려간 안해에게서는 며츨 만에 간단한 편지가 왔다. 대망을 품은 폭으로는 흥분도 감격도 없는 담담한 서면이었다. 어머니의 흰 머리칼이 더 늘었다는 것과 둘째 조카딸이 어여쁘게 자란다는 것을 적어 보낸 것이다. 호박꽃 이야기도 과수원 이야기도 옥수수 이야기도 한마듸 없는 것이요 도리혀 놀난 것은 진찰한 결과 신경쇠약의 증세로 판명되였다는 것이다. 도회의 병원에서는 증세를 바로잡지 못하는 것이 웨 하필 싀골 병원에서 판명된단 말인가. 신경쇠약의 선언을 받을랴고 일부러 싀골을 차즌 셈이든가. 만약 말과 같이 신경쇠약이라면 그 원인을 맨든 내 허물이 한두 가지가 아닐 듯해서 애처러운 생각조차 났으나 엇떠튼 병이 병인 만큼 일부러 전지노양도 하는 판에 싀골을

전지요양.

차즌 것만은 잘 되였다고 안심도 되였다. 살님 걱정도 잊어버리고 활달한 자연과 벗하고 지내는 동안에 차차 회복될 것으로 생각한 까닭이다. 될 수 있는 대로 오래동안 지니고 간 약이나 먹으면서 마음 편히 지내기를 나는 회답하면서 마음속으로는 과수원도 거닐고 풋콩도 까고 조카 아해들과 놀고 거리의 부인들과도 휩쓸니면서 모든 것 잊어버리고 유유히 지내고 있을 그의 자태를 상상해보는 것이였다.

뒤를 니어 사흘 도리로 편지가 오는 것이 어

느 한 고패를 번기는* 법이 없이—한가한 전
한 고비를 넘기는.
원의 풍경을 그려 보내느냐 하면 그러치도 않
고 멀니 이곳 집안의 걱정과 살님사리의 주의
를 편지마다 세밀히 적어 보낸다。생선을 소포
로 보내온다。편지 봉투 속에 돈을 넣어 보낸다
하면서 면밀한 주의는 가려운 데 손이 다을 지
경이다。그리고는 이곳에 대한 끈힘없는 걱정
과 조바심인 것이다。향수를 못 니저 고향을 찾
는 그의 마음이니 응당 눅으러지고 풀니고 노
여야 할 것임을 그같이 걱정이 자심하고야* 눅
더욱 심해서야.
으러지기는커녕 도리혀 안타깝게 죄여드는 판
이니 그러다가는 병을 고치기는새러* 도리혀
고치기는새로에. 고치기는커녕.
덧치기가 첩경일 듯싶었다。혹을 떼러 갔다 혹
을 부처올 것도 같다。하기는 걱정이라면 내게
도 걱정이 없는 것이 아니였고 무엇보다도 그
를 보내고 나니 일생의 불편이 이로 한두 가지
가 아님을 당면하게 되였다。아츰저녁으로 대
하는 음식상으로부터 주머니 속에 드는 손수건
하나에 니르기까지가 손이 달러지니 불편하고

맛갓지[:] 않은 것이다. 안해란 상 위의 찌개 그
맞갓지. 마음이나 입맛에 꼭 맞지.
릇이요 책상 위의 옥편이라고 할까. 무시로 눈
에 띄일 때에는 심드렁해서 대수롭게 녁이지도
않으나 일단 그것이 그 자리에 비인 때에는 가
지가지의 불편이 뼈에 사모치게 알려지면서 그
값을 비로소 깨닫게 된다. 안해 없는 불편을 더
구나 집간을 거느리고 있을 때의 그 불편을 절
실이 늣기면서 웬만큼 정양허고 그만 도라왔으
면 하고 내 편에서도 늣기게 되였다.

대체 세상에서 마즈막으로 편안하고 마음
노을 곳이 어듸인지 아무도 모르는 것일까. 그
립고 안심을 얻을 마즈막 안식처가 어듸요 고
향이 어듸임을 말해주는 이 없을 듯싶다. 내가
안해 없는 불편으로 해서 그렇게 안달을 하고
갈망을 하지 않아도 안해 편에서 도리혀 조바
심을 하고 제 스스로 또다시 도라온 것이다. 별
안간 전보를 치고는 그날로 떠난 것이었다. 불
과 한 달도 못 되여서 협착하다고 버리고 간 도
회를 다시 찾어왔다. 그리 원하든 옥수수 시절

84

도 채 못 마지하고 우유 맛이요 어머니의 젖 맛 같다든 그 즐기는 옥수수 한 이삭 먹어보지 못 한 채 도회에서는 좀 있으면 피서들을 떠난다 고 법석들을 할 무더운 무렵에 무더운 도회로 다시 도라온 것이다. 향수에 복바처 고향을 찾 은 그에게 그리운 것이 또 무엇이였든가. 향수 란 결국 마즈막 만족이 없는 영원한 마음의 작 란인 것인가. 말할 것도 없이 안해는 고향에서 두 번째의 향수—도회에 대한 향수를 늣긴 것 이다. 도회가 요번에는 고향같이만 보였을 것 이 사실이다. 싀골로 떠날 때와 똑같은 설네고 분주한 심정으로 집을 떠나 삼십 평을 차저든 것이다. 안타깝고 감질이 나든 삼십 평이 조촐 하고 알맞은 안식처로 보였을 것이다. 모든 것 이…… 뜰의 꽃 한 포기까지가 새롭고 귀하고 신기한 것으로 보였을 것이다. 집 안의 구석구 석이 싀골보다도 나은 곳으로 보였을 것이다. 물론 한 해를 살어가는 동안에 피곤해지면 또 싀골이 그리워질 것이요 싀골로 갔다가는 다시

85

또 이곳을 찾을 것이요 향수는 차례차례로 나루를 찾은 나루배같이 평생동안 끝일 바를 모르는 것이다.

차에서 나리는 안해의 신색은 떠날 때보다 조금 나어진 것도 같고 되려 못해진 것도 같다. 퍼머넨트를 날리고 옷맵시가 개운하게 보이는 것은 떠날 때와 일반이나―엇째튼 올 곳에 왔다는 듯 얼굴에는 안도의 빛이 떠오른 것은 사실이다.

「그렇게 푸지게 있을 걸 웨 그리 설내긴 했든구。」

「었대요。이만하면 얼굴 좀 그스렀오。―군 것질 너무 할까 바 걱정이 돼서 뛰여왔죠。」

「그래 옥수수 먹을 동안두 못 참았어。」

「수염이 바앍에지는 걸 보구 왔어요。―닉거든 철도 편으로 두어 부대 뜯어 보내라고 일러는 두었지만。」

「이 가방 속에는 이게 모두 지전으로―만 원이 들어찼을렀다。」

86

「찰 뻔했어요。」

안해는 조금 겸연쩍은 듯이 빙그레 웃으면서 재게 걷는다.

「일만 원의 꿈 깨트려지도다 아멘。」

「로상에서 자세한 이얘기를 드릴 수는 없으나—거리에는 군대가 들어와 량식고^{양식고(糧食庫)}가 선다 구 땅 시세가 급작히 올나 발끈들 뒤집혔는데 철도를 가운데 두구 바른편 터가 군용지로 작정되구 왼편 땅이 미끄러질 줄을 누가 알었겠어요。바로 작정되는 날까지두 어느 쪽으로 떨어질지를 몰나 수물들거리다가 그 지경이 되구 보니 한편에서는 좋아라구 뛰는 사람 한편에서는 락심해서 우는 사람—옵바는 사흘이나 조석을 굶구 헤매이는 꼴 참아 볼 수 있어야죠。」

「아멘!」

「운이 박할 때는 할 수 없는 노릇 같어요—다음 긔회를 노릴 수밖에 엇저는 수 있나요。」

「안 되기를 잘했지。올케 떨어졌다간 그 만원 때문에 또 무슨 걱정이 생겼게。거저 없는 것이 제일 편하다나。」

　사실 당치 않은 꿈 깨여진 것이 도리혀 마음
편하고 다행한 노릇이라고 생각한 것은 물질이
갖어오는 자자구레한 근심을 잘 아는 까닭이였
다。 현재 구지 만 원이 없어도 좋은 것이다。 안
해가 도라온 것만으로도 불편하든 집이 펴일
것 같어서 반가웠다。 고기를 놋친 것이 아까울
것도 애틋할 것도 없이 빈손으로 간 안해가 빈
손으로 온 것이 얼마나 시원한 노릇인지 모른
다。

　「두구 보세요 다음 긔회는 영낙없을 테니。
사람의 운이 한 번은 리로울 날 있겠지요。」

　「암 꿈이란 작구 멀니 다가갈수록¹ 좋은 것
이라나。 그렇게 수월하게 잡혀선 값이 없거
든。」

　집에 니르렀을 때 안해는 좁은 뜰 안에 한
거름 들어서자 만면 희색을 띠이고 욱어진 꽃
숲을 바라보는 것이였다。

　「어느새 이렇게 만발이야。—카카랴² 샐비어³

¹ 의미상 '달아날수록'인 듯함.
² 카카리아.
³ 샐비어.

88

프록스 애스터 따랴 국화 해바라기—왼통 한
달리아.
창이니。」

　무지개를 보는 아해와도 같다。 조금 오독갑
스럽게 수다스럽게 깃붐이란 그렇게 표현하
오도깝스럽게. 방정맞게.
는 것이 가장 정당한 듯도 싶다。 카카라의 꽃망
울 하나를 뜯어갖이고는 손가락으로 문질너 물
을 드리고 향긔를 맫고 하는 것이다。

　「호박꽃보다 못하지 않지。」

　「호박꽃두 늘 보니까 실증이 났어요。 흡사
새집 새 세상에 처음으로 온 것만 같어요。」

　복도로 뛰여올나서는 공연히 방 안을 서성
거리며 부엌을 기웃거리며 마루방을 쿵쿵거리
며 현관문을 열어보며 제기를 디디고 언덕 아
래 강을 굽어보며—흡사 새집으로 처음 들너
온 신부의 날뛰는 양이다。 집을 한 박휘 횅하
들어온.
니 살펴보고야 비로소 안심한 듯이 방에 와 앉
으면서 노이는 마음에 잠시는 엇절 줄을 모르
고 멍하니 뜰을 내다본다。

　「다시는 싀골을 간다구 발설을 하구 법석을

안 하렷다.」

「쇠골을 단여왔으니까 오늘의 이 기쁨이죠. ……맘이 이렇게 편하구 깃불 때는 없어요.」

그 즉시로 신경쇠약증이 떨어져버린 듯이 건강한 신색에 기쁨을 담고는 새로운 감동의 발견에 마음이 흐붓이 차 있는 모양이였다. 그가 그날 찾어온 데는 삼십 평의 집이 아니라 삼만 평의 집이였든지도 모른다. 그날의 그보다 더 기쁜 사람이 또 있었을가.

(『여성』, 1939. 9.)

일요일

잡지사에서 부탁 온 지 두 달이 되는 소설 원고를 마즈막 기일이 한 주일이나 넘은 그날에야 겨우 끝마처가지고 준보는 집을 나왔다. 칠십 매를 쓰기에 근 열흘이 걸렸다. 그의 집필의 속력으로는 빠른 편도 늦은 편도 아니었으나 전날 밤은 자정이 넘도록 책상 앞에 앉었었고 그날은 새벽부터 오정 때까지 꼽박 원고지와 마조 대하고 앉어서야 이루워진 성과였다. 그런 노력의 뒷마춤이라 두틈한 원고를 들고 오후는 되여서 집을 나설 때 미상불 만족과 기쁨이 가슴에 넘쳤다. 손수 그것을 가지고 우편국으로 향하게 된 것도 시각을 다투는 편집자의 초려를 생각하는 한편 그런 만족감에서 온 것이었다. 더욱이 그날은 일요일이다. 일요일의 한가한 오후를 거리에서 지내고 싶은 생각도 없지 않았던 것이다.

십일월이 마즈막 가는 날이언만 날씨는 푸군해서 외투가 휘답답할 지경이다. 땅은 질고 전차는 만원이다. 시민들은 언제나 일요일의 가치를 잊지들은 않는다. 평일을 바쁘게 지냈던, 놀면서 지냈던, 일요일에는 일요일대로의 휴양의 습관을 가짐이 시민생활의 특권이라는 듯도 하다. 치장들도 하고 어딘지 없이 즐거운 표정들로 각々¦ 마음먹은 방향으로 향한다.

각각. '々'(오도리지)는 당시 흔히 쓰인 반복 부호.

전차 속의 공기가 불결하고 포도 위의 군중이 답々하다고 해도 그것은 아무의 허물도 아닌 것이다. 준보는 관대한 심정으로 차ㅅ속 한구석에서 원고를 펴 들고 있섰다. 붓을 떼자마자 가지고 나온 까닭에 추고¦는커녕 다시 읽어보지

퇴고.

도 못했든 것이다. 촉박한 시간의 탓으로 까다로운 그의 성미로서도 어쩌는 수 없는 노릇이었다. 체면 불고하고 한 손에 붓을 쥔 채 더듬어 나려썼다.

연애의 일건을 적은 소설이었다. 두 사람의 연애에 대해 세상이 얼마나 무지하고 부지럽는 번설¦을 일삼았던가. 그런 상식과 악의에 대

쓸데없는 말.

한 항의, 사랑의 자유의지의 옹호—그것이 이야기의 테에마였다. 어지러운 소문과 비방에

도 불구하고 두 사람의 뜻은 더욱 굳어가서 드디어 결혼을 결의하게 되었다는 것 여주인공이 잠시 여행을 떠나게 되었을 때 마치 육체의 일부분을 베여나 내는 듯 남주인공의 마음은 피가 도다날 지경으로 아펐다는 것을 장식 없이 순박하게 기록한 한 편이였다. 세상에 사랑을 표현하는 맘은 천 마듸 만 마듸 되고 준보는 기왕에 사랑의 소설을 많이도 써왔지만 그 한 편같이 진실한 것은 드믈었다고 스스로 생각했다. 그런 문학적인 자신이 그날의 만족을 한 겹 더해둔 것도 사실이였다.

국에서 서류 우편으로 원고를 부치고 나니 무거운 짐이나 내려노은 듯 마음은 상쾌하다. 다음 일이 생길 때까지 당분간 편하게 쉬이고 조바심을 안 해도 조타는 긔대가 한거번에 마음을 풀어준 것이다. 가벼운 마음에 거리는 어느 때보다도 즐거운 것으로 보인다. 땅 위에 벌어진 잔치이다. 그 어듸서인지 홰ㅅ불이 타올으고 우슴소리가 터저 올으는 것이 들니는 듯

도 하다。

혼잡한 네거리의 표정은 화려하고 야단스럽다。잔치에 초대를 바든 사람들은 감정을 치장하고 그 분위긔에 마추어 거름도 가볍다。오늘 이 지구의 제전에 먼 하늘에서는 축하의 사절을 보내렴인지 구름 사이로 푸르게 개인 얼굴을 빼꼼이 기웃거리고 있다。준보도 초대객의 한 사람인 양 밝은 표정으로 사람들 속에 휩쓸닌다。사랑의 소설을 쓰고 사람들의 감정을 헤아릴 수 있는 그야말로 누구보다도 가장 즐거운 한 사람일지 모른다。사람들의 그 기쁨의 비밀의 열쇠나 잡은 듯이 자랑스러운 표정이였다。

꽃가개에는 온실에서 베여 온 시절의 꽃들—카아네슌, 튜으립, 란초, 금잔화의 묵금*과 동백꽃의 아람이 봄같이 피여 있다。꽃묵금은 그대로 일요일의 상징이다。꽃가개는 잔치날 만국긔를 다른 장식쟁이다。

*묶음.

영화관은 사람들의 인ㅅ긔를 끌어 잔치 마

당의 특별관이라고나 할까. 그 훈훈하고 어두운 굴 속은 꿈을 배이는 보금자리이다. 현실과 꿈의 야릇한 국경선을 헤매이면서 사람들은 버얽어케 상긔되어 문을 밀치고 드나든다.

이날 유난히도 복작거리는 백화점은 여흥의 추첨장이라고 함이 올흘^{옳을.} 듯싶다. 녀자들의 인스긔를 독점한 듯 치장한 그들의 뿜는 향긔가 가개 안에 욱욱히 넘친다. 준보에게는 그들이 모다 아름답고 신선해 보인다. 세상 인류의 반을 차지하고 있는 이 반쪽들은 남은 반쪽들의 한평생의 가장 큰 희망의 대상으로 조물주가 작정해노은 모양이다. 희망과 포부와 야심과 광명의 근원을 이 반쪽에게서 찾도록 마련해노은 듯하다. 각각 한 사람식을 잡아서 그 작정된 반쪽들을 서로 차저내면 그만인 것이나 그릇된 숙명의 희롱으로 말미암아 간간히 비극이 꾸며지고 한다. 준보가 안해를 일흔 지 임의^{이미.} 일년이 된다. 엇저다 이 비극의 제비를 뽑게 된 그에게는 일시 세상에서 태양이 없서버

101

린 듯 온실의 보일러가 꺼저버린 듯 커다란 고
독과 적막이 엄습해왔었다. 그러나 사람은 비
극으로 말미암아 자멸되지 안으랴면 그것을 정
복하는 수밖에는 없다. 각각 반쪽을 차저내는
순라잡기¦에서 상대자를 잘못 잡아서 생긴 비

_{술래잡기.}

극이라면 필연코 예정된 배필은 또 달리 있을
것이 아닐까. 그 예정된 판도라를 마음속에 그
리면서 두 눈을 싸매운 채 한정 없는 인생의 순
라잡기를 게속하는 수밖에는 없었다. 안해를
동반했을 때에는 거리의 녀자들이 거이 무의미
한 것으로 대수롭지 안케 보이든 준보였만 이
제 외로운 눈에 그들은 새로운 뜻을 가지고 등
장하는 것이였다. 인간 생활의 마즈막의 성스
러운 표식을 한몸에 감추은 듯 보이는 화려한
그들 앞에서 자랑스럽고 교만하든 준보도 초라
하고 시산한¦ 심정을 엇저는 수 없었다. 다구

_{스산한.}

지게 마음을 벗듸더보아야¦ 흡사 꽃밭에 선 거

_{버텨보아야.}

지와도 같어서 한 몸의 외로움이 돌녀다 보일
뿐이다. 백화점은 꽃밭이였다. 준보는 욱욱한

102

파도 속에서 몸을 헤여내면서 전신의 감각과 감정을 한때 찬란하게 장식해보는 것이였다.

이 카니발의 자극에서 벗어나서 준보는 차ㅅ집에서 피난처를 발견한다. 조용한 가개 안은 잔치날의 사교실이다. 웅성웅성하는 말소리와 노을 가튼 담배 연긔에 석겨 야트막한 실내악이 방 안의 분위긔에다 독특한 한 가지의 성격을 준다. 그 성격 속에 화해 들어가는 동안에 준보는 차차 꽃다발같이 열렷든 관능의 문이 조개같이 움츠러 들어가고 그 대신 정신의 문이 열니기 시작함을 늣긴다. 음악은 정신의 문을 열어주는 신긔한 요술쟁이다. 마음속에 조그만 우주의 신비를 자유자재로 게시해 보이는 긔막힌 요술쟁이다. 땅 위의 생활에서 판도라의 다음가는 행복은 음악이라고 준보는 생각한다. 모찰트와 베토벤의 천재는 바로 조물주의 천재의 버금가는 것이다. 음악은 참으로 잔치날의 반주로는 행복되고 즐거운 것이다.

잔치상의 초대를 준보는 가장 젊잔은 자리
점잖은.

103

로 바더야 한다. 호텔로 전화를 걸어 식사의 준비를 분부해노코 차ㅅ집에서 아무나 자리에 마조앉을 동무 한 사람을 잡아 대면 그만이였다.

「자네 무얼 제일 진미로 생각하나。」

「무엇일꾸 제일 먹구 싶은 것 오래간만에— 빠터ᵈ 그래 빠터나 먹었으면 하네。 가짜 말구 진짜 말야。 모두가 가짜의 세상이니 원。」

「진짜 빠터를 대는 곳은 한 군데밖에 없다네。」

호텔의 식탁은 희고 정결하다。 꽃묵금이 놓이고 상 옆에 등대하고 섰는 깨끗한 녀급사— 이건 또 하나의 덤이요 우수리인 꽃이다。 알마즌 절차와 례의—이건 일요일의 또 하나의 덤이요 우수리인 행복이다。

포도주와 빵과—이 두 가지의 만찬의 원소 위에 수윺와 고기와 과실과 차가 더함은 열두 제자의 절도 위에 현대의 행복을 더함이다。 준보들은 확실히 옛사람들의 희생의 행복보다도 현대적인 문화의 혜택 속에 사는 보다 행복된

후손들이다. 오늘 일요일의 행복은 호텔의 식탁에서 그 마즈막 봉오리에 다다른 심^{셈.}이다. 오찬으로는 느즐 정도의 일흔 만찬의 식탁에서 그 차려진 반날의 절차를 준보는 즐겁게 생각하는 것이였다. 자조 거리에 나오지 않는 그에게 사실 그 하로는 특별히 신선한 인상과 즐거운 감동을 주랴고 마련된 것과도 가텃다.

「빵과 포도주로 예수의 살과 피를 상징할 줄만 알었지 옛사람들은 빠터로 지방과 비게를 상징할 줄은 몰났나부지 활동의 연료로 원동력인 비게를. 난 빠터를 먹을 때같이 행복을 늦기는 때는 없네. 구라파 문명의 진짜 맛이 여긔에 있단 말야.」

동무도 그날의 만찬에는 저윽이 만족해하는 눈치였다. 소태를 씹어 먹음은 것같이 일상 쓴 표정을 하고 있는 씨니칼한 그 동무로서는 가장 솔직한 고백이였다. 세상의 어둠 속밖에는 보고 살어오지 못한 듯한 그에게까지 일요일의 행복을 나눈 것이 준보의 만족을 두 겹으로 더

105

했다.

「행복이라는 건—아무렴 빠터를 먹을 때. 자네 얼굴의 주름살이 펴지는 걸 보면 사실 행복이라는 건 바로 그것인가 하네。」

「사탕을 먹을 때의 어린애의 표정을 주의해 본 일이 있나。 그것이 행복의 표정이라는 것일세。」

「우유를 입안에 갔득 먹음을 때—모찰트의 소나타를 들을 때—하늘의 비눌구름을 우러러 볼 때—아름다운 이의 싀선을 바들 때—청 바든¹ 소설 원고를 다 썼을 때—이런 것이 행복

¹ 청 받은.

이라면 난 어느 날보다도 오늘 그 모든 행복을 한거번에 맛본 듯두 하네。」

「개혁가가 단두대에 올을 때—예수가 십자가에 올을 때—그런 것은 행복이 아닐까。」

「맙소서。 오늘은 땅 위의 행복을 말하는 날이네。 정신주의자들의 가시덤불의 행복은 내 알 바 아니야。」

「아름다운 것을 일흘 때의 불행—나두 사실

반생 동안 그 수많은 불행으로 얼굴의 표정까지 이렇게 되고 말았네만 오늘 자네의 이런 행복의 날에도 내겐 또 한 가지 불행이 기다리구 있다네.」

동무는 식탁의 행복에서 문득 그날의 현실로 도라가면서 소태를 씹어 먹음은 것 같은 일상의 쓴 표정을 회복했다.

「죽엄을 당할 때같이 맘 성가신 노릇은 없는데 웨 사랑과 함께 죽엄이 마련됐는지 모를 노릇이야. 난 오늘 죽엄을 기다리구 있다네. 좀 있다가 내게로 올 죽엄을 마지해야 된단 말야.」

「긔어쿠 자넨 나까지 불행 속으로 끌고 들어가고야 말 작정인가. 웨 하필 오늘 이 식탁에서 그런 불길한 소리를 해야 한단 말인가. 주 죽엄이라니 무슨 죽엄을 마지한단 말인가.」

준보는 차ㅅ수가락을 접시 위에 내던지면서 적지아니 불유쾌한 어조였다. 하로의 행복이 동무의 그 한마듸로 금시 사라지는 것과도 같었다. 사랑의 소설을 끝마치고 거리의 행복에 잠겼든 그의 마음에 다시 우울의 그림자가 덮치기 시작했든 것이다. 가혹한 운명의 작란같이 그것은 모르는 결에 왔다.

「연이라면 자네두 암즉한 미인으로 일흠 높은 음악가가 있짢었나. 동경서 돌연히 세상을 떠나서 그 죽엄이 오늘 이곳에 도착된다네. 나두 그것을 마즈려 나가야 할 사람의 하나란 말야.」

<small>얇직한.</small>

연을 사모해서 동경으로 류학을 떠난 사람은 열 손가락에도 남었다. 연은 땅 위의 태양이였다. 가까히 가서는 스스로 몸을 태워버리는 것이 사람들의 작정된 운명이였다. 수많은 히생을 요구한 태양은 스스로 자멸할 때가 왔든 것이다. 아름다운 것은 꺼지는 법—꺼지는 것만을 아름다운 것으로 작정해놓은 쥬스의 당초부터의 법측이었든 것이다.

<small>제우스.</small>

동무도 연을 사모해온 사람들 중의 하나였든가. 혹은 자진하고 혹은 실성해지고 혹은 도

망가고 한 중에서 동무는 그 태양체를 멀리다 두고 오로지 한 줄기의 고요한 심회를 독구워 온 것이였을까. 그는 죽엄을 마지하랴 함을 고요히 말하면서 그것이 도착하기까지의 시간을 호텔에서 준보와 같이 지우고 있는 것이다. 그의 슬픔도 그와 같이 고요한 것이였든가.

「앞으로 몇 시간만 있으면 아름다운 죽엄을 실은 검은 수레가 바로 이 앞길을 고요히 지낼테구 나두 그 뒤를 따르는 한 사람이 될 것일세。」

「자넨 결국 자네 할 말을 다한 셈이지。나의 오늘 하로를 왼전히 밟어버리구 부서노았단 말이지。하필 자네를 골은 것이 오늘의 내 불찰이구 불행이였었네。어서 죽엄이든지 무엇이든지 마지러 가게나。자, 오늘 자네와는 작별이네。행복의 파궤자 불길한 그림자。」

준보는 동무를 버려둔 채 횡하니 호텔을 나섰다。흡사 뒤를 쫓는 불행의 마수에서 몸을 빼치랴고 하는 것과 같은 신용이였다。식탁 위의

111

진미도 꽃도 녀급사도 등 뒤에 멀어졌다. 동무가 말한 몇 시간 후에 그 앞길을 지낼 검은 수레가 눈앞에 오는 것 같어서 몸서리를 치면서 호텔 앞을 잰거름으로 떠났다.

가버린 안해의 긔억이 새삼스럽게 마음을 점령하기 시작하면서 그 하로의 거리의 현실은 발서 먼 옛일같이 멀어저가는 것이였다. 가장 앞은 상처인 안해의 긔억을 들치우는 것같이 무서운 노릇은 없어서 일상에 조심하고 주의해 오든 것이 그 우연한 시간에 동무의 말로 말미암아 다시 소생될 때 마음은 되로 저리기 시작했다. 저리기 시작하는 마음에 즐겁든 하로의 인상은 종적 없이 사라저가는 것이였다. 만찬의 깃쁨도 음악의 신비도 백화점의 관능도 꽃묶음의 사치도 한거번에 줄다름질치면서 비누거품같이도 허무하게 꺼저버리는 것이였다.

두달 장간¹을 병석에 누었든 안해는 마즈막

¹ 장간(長間). 긴 시간 동안.

시기에는 병원 침대에서 호흡조차 곤난해갔다. 산소 탱크를 여러 통식 침대마테 세우고 그 신

113

선한 긔체를 호흡시킨다고 했댓자 단 돌에 한
방울 물만큼의 효과도 없었다. 가슴을 뜨드며
안타까워하는 동안에 육체의 조직은 각각으로
변해갔다. 운명한 후 육체는 한때 마알간 밀같
이 참으로 아름다웠다. 초조도 괴롬도 불안도
없이 고요한 안식이였다. 그것이 죽엄이라는
것이였다. 령혼은 금시 어듸로 도망해버렷는지
남겨진 육체만이 흰 관 속에서 어두운 무덤 속
에서 영원한 절대의 어둠 속에서 차차 해체되고
분해될 것을 생각할 때 준보는 무딘 쇠몽둥이로
오장육부를 푹, 푹, 찔니우는 것 같어서 그 아프
고 마비된 감각 속에서는 아무것도 헤아릴 수가
없었다. 웨 그런 마련인구—생명과 함께 웨 반
다시 죽엄이 있어야 하는구—그 허무한 죽엄
앞에서 이 현실이란 대체 무엇인구—현실과 죽
엄과 어느 편이 참이구 어느 편이 거짓인구—
아모것도 알 수가 없었다. 진정으로 라사로[^1]의
기적을 미더보랴고 안해의 차듸찬 몸 앞에 우
두커니 앉어보았으나 참혹하게도 가혹하게도

[달궈진.]

[성경 속 인물인 나사로.]

114

긔적은 종시 이러나지 않었다. 어두운 날을 둘러싸고 일월성신의 운행만이 전날과 같이 계속될 뿐이였다. 발버둥을 치고 통곡을 해보아야 깟닥 동하지 안는 무심하고 냉정한 우주의 운행이였다.

이때부터 준보에게는 우주의 운행에 대한 커다란 불신이 생기기 시작했스나 너무도 위대한 우주의 의지 앞에 그 불신쯤은 아무 주장도 가지지 못하는 하잘것없는 것이였다. 그러면 그럴사록 한 줄기의 회의는 여전히 날카롭게 솟아올났다. 안해는 대체 어듸로 간 것일까. 안해와 동무의 애인 연이와 그들 이전에 현실을 버린 수많은 령혼들은 대체 어듸로 간 것일까. 그들 말이 꾸미고 있는 또 하나의 세상이라는 것이 있지 않을까. 이 현실의 등 뒤에 커다란 제이 세계라는 것을 생각하는 것이 웨 그른 것일까. 그러타면 현실의 세계는 그 제이 세계의 단순한 껍질에 지나지 안는 것일까. 지금 가량 지구의 표피를 한 거풀* 살멋이 벗겨서 들어내

* 한 꺼풀.

버린다면 그 뒤에 무었이 남을 것인가. 광막한 황무지에 여전히 사랑이며 야심이며 만족이며 행복이며 하는 것이 남을 것인가. 잔치날같이 번화한 거리의 행복이—꽃묵금이, 백화점의 관능이, 음악의 신비가, 만찬의 깃쁨이 남을 것인가. 그러타면 이런 것들은 대체 무었 하자는 것인가. 얼마나 허무하고 하잘것없는 것인가. 지구의 제전은 허공 위에 널쪽을 깔고 그 위에서 위태한 춤을 추는 광대의 노름과 무었이 다르단 말인가. 인생이란 너무도 속절없고 어처구니없고 애숙한 것이다. 무었을 믿고 무었에 의지하고 무었을 위해서 살어갈 수 있으며 살어가야 할 것이랴.

준보는 사실 안해와 함께 자기도 세상을 버렸으면 하고 생각해본 적이 한두 번이 아니였다. 사랑 없는 생활은 너무도 견듸기 어려운 것이였고 고독은 엄척나게 정신을 메말니우는 것이였다. 고독은 사람을 귀족으로 맨드는 것이아니라 거지로 만들었다. 쓸쓸하고 초라한 거

지의 신세로 살아서는 무슨 일을 칠 수 있을꾸 생각되었다. 잠들 때에나 잠을 깨일 때 눈물이 작구만 줄줄 흘러서 벼개를 적시는 것은 세상에서 단 한 사람 자긔 혼자만이 아는 노릇이였다. 우유를 따뜻하게 데울 때에나 커피 냄새를 마틀 때 문득 안해의 생각이 나면서 목이 매켜 늦기곤 한다. 다시 두 번 결코 해도 달도 볼 수 없는 안해의 처지를 생각할 때, 지구가 여전히 돌고 세상일이 여전히 진행되여나가는 것이 알 수 없는 노릇이였다. 불측하고 교만하고 이상스러운 일이였다. 가는 날 오는 날 안해가 부활되는 긔적은 니러나지 안코 막막한 고독만이 허무한 운행만이 남을 뿐이였다.

이날은 또 하로 그런 쓰라린 적막심을 품고 준보는 집으로 향하게 되였다. 멋처럼 즐겁게 시작된 날이 우연한 실마리로 인해 불행한 추억 속으로 뒤거름질처 들어가서 일껏 늦기기 시작한 행복감이 산산히 부서저버렸다. 이제 되걸어 나가는 거리는 몇 시간 전 들어올 때와는 판이한 인상을 가지고 비취이기 시작했다. 안해의 추억과 연이의 죽엄 앞에서 거리는 응당 엄숙하고 경건해야 할 것이다. 잔치가 끝난 뒤ㅅ마당가의 너저분히 어지러운 행길은 허분허분하고 쓸쓸하다. 이 거리의 껍질을 다시 한 거풀 살몃이 벗겨놋는다면 참으로 얼마나 더 쓸쓸할 것인가. 준보는 마음속으로 그 쓸쓸함을 족히 늣기는 것이였다.

차 속 사람들은 화장이 지워지고 우슴을 잃었고 포도 위 거름에는 어뒨지 없이 풀이 빠져 보인다. 하늘은 흐려 눈이래도 나릴듯 어둡고 답답하다—일요일의 오전과 오후는 성격이 이렇게도 달너졌다. 사랑의 소설로 시작된 오전은 우울한 불행의 오후로서 끝나랴는 것이였다.

밤은 조용하고 괴괴하다.

준보는 방에 불을 지피고 아해들을 데리고 책상 앞에 앉었다.

마루방 난로에 불을 지피고 음악을 들닐까

하다가 별안간 긔온이 내리며 방이 추어질 것
같어서 온돌에 불을 때기로 했다.

따뜻한 방바닥에 몸을 부치고 어린 것들과
동무하고 앉으니 평화로운 마음에 한 줄기 고
요한 빛이 솟기 시작했다. 예측하지 않었든 이
것은 또 하나 다른 행복이였다.

풍로에 우유를 끌여서 사탕을 너코 어린 것
이 그것을 입안에 먹음은 그 행복스런 표정을
살피노라니 준보의 마음에도 점점 그 따뜻한
감정이 옮아오기 시작했다.

아해들은 신통하게도 간 엄마를 차저서 복
개지 안는 것이 준보에게는 큰 도움이였다. 준
보는 도리혀 자긔가 눈물을 흘니게 될 때 아해
들에게 들키울까 겁이 나서 외면하고 살몃이
눈을 훔치고 한숨을 죽이는 때가 많었다.

우유들을 마시고 나드니 그림책을 들척어리
고 색종이와 가위를 내서 수공을 시작하고 하
는 것이였다.

밝은 등불 아래에서 잭갈거리는 그 무심한

양을 바라보면서 책상 앞에 우두커니 앉아 있는 준보에게는 낮에 거리에서 늑긴 것과는 또 다른 행복감이 유역히 솟아올랐다. 어른의 세상의 행복이 아니라 아해들 세상의 행복이였다. 어린 혼들의 자라가는 깃쁨을 바라보는 데서 오는 맑은 행복감이였다. 흠 없고 무욕하고 깨끗한 행복감이였다. 어느 결엔지 마음이 따뜻하게 녹아지면서 차차 그 어린 세상 속에 화해 들어감을 늑겼다.

「올치 이것을 쓰자 아해들의 소설을 쓰자. 어린 것들의 자라는 양을 그리자.」

책상 위에는 원고지와 펜이 노였다. 때뭇지 않은 하아얀 원고지가 등불을 바더 눈같이 희고 눈부신다. 그 깨끗한 처녀지 위에 적을 어린 소설을 생각하면서 준보의 심경도 그 종이와 같이 맑어갔다.

「일요일의 임무는 또 한 가지 남었든 것이다 —어린 세상을 그리는 것이다. 인류에 희망을 두고 다른 행복을 약속할 것이다.」

아츰에 사랑의 소설을 쓴 준보는 이제 또 다른 행복을 인류에게 선사하랴고 잉크병 속에 펜을 잠북 담었다. 흰 원고지 위에 깜았케 적히울 이약이를 긔대하면서 등불은 교교히 빛나고 있다.

조요한 밤 적막 속에 어린 것들의 잭갈거리는 소리만이 동화 속에서나 우러나오는 듯 령롱하게 울니는 것이였다.

十二月八日￮

12월 8일.

(『삼천리』, 1942. 1.)

지음 이효석

소설가

1907년 강원도 평창 출생. 1925년 경성제일고등보통학교 졸업 후 경성제국
대학 예과 입학. 조선인 학생회 기관지 『문우』 간행에 참여했다. 예과 수료
후 경성제대 법문학부 영어영문학과에 편입, 재학 중 단편 「도시와 유령」을
발표하며 주목받았다. 1930년 경성제대 졸업 후 조선씨나리오·라이터협회
를 결성, 1933년에는 구인회 창립에 참여했고, 1936년 평양 숭실전문학교
교수로 부임했다. 평양의 '푸른집'에서 「메밀꽃 필 무렵」 등을 발표하며 대
표적인 단편작가로 자리매김했다. 1942년 결핵성 뇌막염 진단을 받고 채 한
달이 되지 않아 36세로 세상을 떠났다.

사진 김종관

영화감독

1975년 출생. 장편 <최악의 하루> <더 테이블>, 단편 <폴라로이드 작동법
> <낙원> 등 다수의 영화를 연출했다. 2012년 산문집 『사라지고 있습니까』,
2014년 콩트집 『그러나 붉은 끄지 말 것』, 2017년 산문집 『골목 바이 골목』,
2017년 시나리오집 『더 테이블』 등을 출간했다.